古典を読んでみましょう

橋本治 Hashimoto Osamu

★——ちくまプリマー新書
216

目次 ＊ Contents

まえがき……7
一　「古典」て、なんでしょう……11
二　古典を読んでみましょう……23
三　ちょっと意地悪な樋口一葉……36
四　和文脈の文章と漢文脈の文章……49
五　日本語は不思議に続いている……60
六　はっきりした説明をしない小野小町……71

七　春はどうして「曙」なのか？……85
八　分からないものを読んでもよく分からない……96
九　亀の恩返し……107
十　古典を読んだ方がいい理由……118
十一　今とは違うこと……133
十二　意外に今と同じこと……146
十三　歴史はくるくると変わる……159

十四　日本語が変わる時……172
十五　人の声が言葉を作る……184
十六　漢文の役割……195
十七　『日本書紀』の読み方……206
十八　王朝の物語を読んでみましょう……219
あとがき……233

まえがき

古典を読んでみましょう、です。

ここで言う「古典」は、日本の古典文学のことです。「なんでそんなものを読まなくちゃいけないんですか?」とお思いの方もおいででしょう。でも私は、ただ「読んでみましょう」と言っているだけです。「やだね」と言われてしまえば、それまでのことですが。

私には、「日本の古典は楽しくておもしろいから読んでみましょう」などという気がありません。日本の古典は日本語で書かれているはずなのに、書かれているのは「今の日本語とは違う日本語」です。「おもしろい」とかなんとかを言う前に、「ちょっと見ただけじゃなんだか分からないもの」です。

意外なことに、同じ古典でも外国の古典にはそういう苦労がありません。古代ギリシアの哲学だって、シェイクスピアの戯曲だって、現代の日本語に翻訳されていますから、読んで分かるかどうかは別にして、「読もうとしても言葉が分からないから読めない」ということはないはずです。

でも、日本の古典は書かれている言葉がまず違います。同じ日本語だからところどころは分かるような気がするけれど、でもそのままずーっとつき合い続けるのがしんどくなって、「ああ、めんどくさい。こんなもん読みたくない」という気になってしまいます。大きな声では言えませんが、私の中にはそういう本音だってあるのです。

古典というのは、そういうめんどくさいものでもあるのですが、それなのに私はなぜ、「古典を読んでみましょう」なんてことを言うのでしょうか？

世の中には「古典が好きな人」というのが、ちゃんといます。好きだから、この人達は古典をスラスラと読めてしまいます。でも世の中には、古典の文章をスラスラと読めなくて、古典の文章に目の焦点が合わない人だって、いくらでもいます。そういう人達は、「読めないから分からない」ではなくて、その以前の「読まないから分からない」なのです。

だから私は、「読んでみましょう」と言っているのです。読んでみたら、意外とおもしろいかもしれません。なにかの形で、役に立つかもしれませんし、心を癒《いや》してくれるものと出会うかもしれません。「そうだったのか――」という発見をするかもしれませんし、しないかもしれません。でもそれは、読んでみなければ分からないことです。

日本の古典というのは、分かりにくいものです。日本という国はずーっと昔から変わらずにあるはずなのに、古典の言葉は今の言葉と違っていて、考え方だって違っています。「読んでみましょう」と言われたって、そう簡単に読んで分かるものでもありません。でも、それでもやっぱり古典も日本語なので、読んで読めないことはありません。ちょっとばかりの我慢や覚悟が必要だというだけです。

遠ざかっていてはなにも分かりません。でも「慣れる」ということをすれば、古典だって「分かる」ということにはなるはずです。だから私は、「古典を読んでみましょう」と言っているのです。

一　「古典」て、なんでしょう

昔、本は立派なものだった

「古典」というのは、「古い時代に書かれた立派な本」のことです。「典」というのは「本」のことで、ただの本ではなくて、「台の上に載っかった本」です。一冊、二冊と数える時の「冊」――つまり「本」ですが、これが台の上に載っかっているのが「典」という文字の形ですから、「大切に扱わなければいけない立派な本」が「典」なのです。

昔には「下らない本」というものが存在しません。本というものはみんな立派なもので、「人生のお手本となるような、生きるための指針が書いてある深いもの」でした。ただでさえ「典」で立派なものので、それが、「古い時代に書かれたもの」だったりすると、神秘のヴェールさえまとってしまうかもしれません。そういうものだから、「つまんなくて退屈なもの」である可能性だって十分にあるのです。

今ではあまりそんなことが言われないようですが、昔は寝っ転がって本を読んだり、本を踏んづけたりすると怒られました。本というものが「ためになる立派なことが書いてある大切なもの」と思われていて、「本を読む」ということは「勉強をする」ということで、「本」とはすべてが「教科書」だったのです。

日本人が椅子の生活を当たり前にする以前には、本というものは「正座をして読む」でなければならないものでした。正座をして、背筋を伸ばして本を読まなければなりません。本を膝の上に置いて読むと、本との距離が開いてしまって、どうしても背中が丸まります。これはBAD《バッド》です。昔の本は、和紙を糸で綴《と》じたもので、一冊がそんなに厚くも重くもありません。だから、手に持って本を読み続けると手が疲れてしまうということもありません。その代わり、本が傷んだりします。それで昔には、直接本にさわらずに読めるようにする「書見台《しょけんだい》」というものがありました。それほど高くはない譜面台のようなもので、ここに本を置いて開き、その前に正座をして読むのです。「台の上に載せられた本」だから「典」なのですが、「典」を読むのは大変なんです。

本というものはみんな「立派なもの」で、ある時期まで「下らない本」というものは存在しませんでした。どうしてかと言うと、それは本というものの流通——出版のあり方と関係してきます。

大昔の本は、一冊ごとの手書きです。そんな時代、紙というものは高価なものですから、下らないことには使えません。印刷という手段が生まれて、複数の本を手書きではなく作り出すことが出来るようにならないと、出版は成り立ちません。

印刷というとグーテンベルクの活版印刷ですが、日本の室町時代にヨーロッパで開発されたこの技術が日本で一般的になるのは、明治時代になってからです。でも、それ以前の日本に本を印刷する技術がなくて、出版というものが成り立たなかったのかというと、そんなことはありません。西洋式の活版印刷とは違う、木版という技術がありました。文字がずらっと並んでいる本の一ページを、そのまま木版で彫ってしまうのです。書見台が存在した時代の本は、そういうものでした。

その頃に本を作るのは、とてもお金がかかります。まず、印刷される本文をきれいに清書する担当者がいます。「筆耕《ひっこう》」と言いますが、著者以外のそれを仕事とする人が担当します。版画と同じですから、清書した印刷用の原稿を裏返して木に貼って、その上から彫ります。彫ったらその原稿はなくなってしまいますから、著者の書いた原稿とは別の、清書された文字原稿が必要なのです。コピー機のない昔はそんなめんどうなことをしました。

版木に貼りつける原稿を書く人がいて、それを彫る人がまた別にいて、彫られた版木で紙に印刷する人がまた別にいます。その人達全員にギャラが支払われます。もちろん本ですから、これが一枚ですむわけはありません。長い本なら、この工程が百回も二百回も、下手をすれば千回とか繰り返されてしまいます。そして、木を使って印刷すると、版木が磨《す》り減るということが起こります。一枚の版木で刷って仕上がりがきれいになるのは二百枚くらいが限度とされて、その単位を「一杯」と言ったりするのですが、二百部しか刷れない少部数の本なのに、コストは莫大《ばくだい》にかかるのです。

今だと、「本を書いたら印税が入って金儲《かねもう》けが出来る」と間違ったことを信じている人がいますが、もう本はそんなに売れないので、よっぽどの一部の人を除いては金儲けが出来ません。そして、木版で本を作っていた江戸時代には「印税」という発想がありません。なにしろ、とんでもなく金がかかって少部数です。こんなものを売って儲かるはずがありません。だから、印刷にかかる経費――職人の費用や版木代や紙代は全額、著者あるいは「この本を出版したい」と思う人が支払います。この当時の出版販売業者は、「本を出したいと言うのならお世話をします。私が売って差し上げますから、その分の経費は全部出して下さい」というようなものでした。

その本が売れたら、売れた分のお金は全部出版販売業者に入ります。それ以外の人が本を出したいと思っても、一銭も儲かりません。では、そんな時代になんだって人は「本を出したい」なんてことを考えたのでしょうか？ 理由は一つです。「この本を出して、世の人達にいろいろなことを知らせたい」です。「昔に書かれた手書きの本を印刷して、みんなの古典の教養を高めたい」とか、「私の考え方を知って下さい」とか、そういう真面目《まじめ》な目的で、本を出したい人は自腹を切るのです。本が「立派なもの」で「正座して読まなければならないもの」であるのは、このためです。

これは本当のことですが、でも、これは建て前です。世の中には下らないものでも読みたがる人はいます。だから「立派じゃない本」だってちゃんと出版されていました。もちろんこれもノーギャラです。「あなたの書いたものは売れそうなので、出版にかかる経費はこちらで持ちます」と出版業者が言って、「出版してあげます。もちろんノーギャラですよ」ということになります。

「立派じゃない本」を書いて、これが売れたにしろ、書いた人は一銭の得にもなりません。出版業者がやって来て、「おかげさまでありがとうございます。つまらないものですが、お礼でございます」と言って手拭いの二、三本も置いていけば、それで終わりです。「本を書いたあなたはちょいとした有名人なんだから、それでいいでしょ」です。そういうことに対して、「そりゃずるいじゃないか。俺の書いたもんであんたは金儲けをしてんだから、少しは金を払えよ」と言ったのが、『南総里見八犬伝《なんそうさとみはっけんでん》』の著者として有名な曲亭馬琴《きょくていばきん》で、それ以来「下らないものでも売れれば金儲けが出来る」ということになって、「下らない本」も大手を振って登場出来るようになったのです。

以上を総合してしまうと、「本というものはそもそも立派なものだったが、下らないものを好む読者が増えてしまったおかげで下らないものになってしまった」ということにもなりますが、それはただ「そういう一面もある」というだけの話で、出版が起こった江戸時代なんかよりもずっと昔の平安時代に、もう「下らない本」はありました。下らない本に夢中になっている人がいて、それを見て「なんでそんな下らないものがいいんだ」と言うインテリもいました。そのインテリが誰かというと、光源氏です。

マンガを読まない光源氏

紫式部の書いた『源氏物語』はとても長いものなので、途中まで読んで挫折してしまう人はいくらでもいますが、その大長篇《だいちょうへん》の真ん中辺に「蛍」という巻があります。その中で、光源氏に引き取られて養女になった玉鬘《たまかずら》という若い女性が「物語」に夢中になっている様子が書かれます。

当時の本は手書きですから、どこかから借りて来たものを写して、自分なりの本に仕立てるということをします。その時に挿絵を描かせて「絵巻物」にもしたりします。でもどっちにしろ、都会の金持ちのすることです。都で生まれた玉鬘は、事情があって地方で育ちます。それが都に出て来て光源氏に引き取られ、「物語」というものと初めて出会って、「こんなおもしろいものがあったのか」と夢中になるのです。玉鬘自身、それまでに結構物語的《ドラマチック》な体験をしているので、物語に書かれるヒロインの話を「私のことみたい！」と思って夢中になってしまうのです。早い話、マンガというものを見たことのない娘がマンガに出会って興奮しているというようなものです。

光源氏は、絶世の美男であると同時に、この時代で一番のインテリです。つまり、本というものを「典」であるような立派なものとだけ考えていて、「物語」などというものを下らないものと考えています。昔のインテリの人が「マンガなんか下らない」と思っていたのと同じです。その当時の「物語」は、漢字を使わずひらがなだけで書かれていて、だからこそ「女の読むもので、まともな男の読むものじゃない」と思われていたのです。

自分の邸《やしき》に引き取った玉鬘がそういうものを読んで夢中になっているのを見た光源氏は、「困ったもんだね」とクレームをつけます。玉鬘の部屋は《こなたかなたにかかるものどものちりつつ（あっちこっちにそういう本が散らかっていて）》という状態になっています。玉鬘が読んでいるのは「ちゃんとした本」ではなくて、「物語という下らないもの」なので、玉鬘はこれを書見台に置いてその前に正座して読んだりなんかしません。寝っ転がって読みます。意外かもしれませんが、十二単《ひとえ》を着た平安時代の女の人達は、平気で部屋の中で寝っ転がっています。どうしてかと言えば、十二単が厚着で重いからです。だから《こなたかなたにかかるものどものちりつつ》と書かれる部屋の中の玉鬘は、「寝っ転がってマンガを読み散らしている」の状態に近いのです。それで光源氏は、「困ったもんだね」と言うのですが、でも光源氏は、「そんな下らないものを読んでないで、もっとちゃんとした本を読んで勉強しなさい」と玉鬘に言うような人ではありません。

絶世の美貌でその時代一番のインテリだった光源氏も、もうこの頃には中高年でセクハラオヤジになっています。玉鬘を引き取って「大切に育ててやろう」と思ってはいても、でもそれだけではすまなくなっているところが、中高年のセクハラオヤジになってしまう光源氏の悲しさです。

「自分から進んで玉鬘を誘惑してやろう」という気持ちは、もう光源氏にありません。でもその代わり、「すべての女は俺を見たらポーッとなって、自分から抱きついて来るはずなのに」と、いまだに思い込んでいます。でも、玉鬘はそんなことをしません。光源氏よりも、「物語」の方に夢中になっています。つまり、光源氏は玉鬘の関心を奪った「物語」に嫉妬をして、「そんな下らないものを――」と言っているのです。

光源氏は、「そんな嘘《うそ》っぱちの下らないもの」とバカにします。玉鬘は少しムッとして、「でも、私にはリアリティのある話だとしか思えないのです」と抗議をします。そうなると光源氏は、玉鬘に嫌われたくないもんだから、「分かった分かった。そうだそうだ、物語はえらい、立派なもんだ」と言ってしまうのです。この辺は、研究者の間では「物語の論」と言われてもいるのですが、それほど立派な「論争」かいなと、私なんかは思います。

光源氏には、養女にした玉鬘の他に、実の娘もいます。まだ小学校二、三年生の年頃ですが、既に太政大臣《だいじよう》になっている光源氏は、この娘を帝《みかど》のお后《きさき》にするつもりでいます。玉鬘に関しては、「俺のことを好きになって、俺の愛人なんかになっちゃわないかな」とひそかに思っているので、彼女が「物語という下らないもの」に夢中になっていても、「はい、はい、分かりました」で認めてしまうのですが、「将来の帝のお后」である実の娘に対しては違います。

この当時、「物語」には「女のための娯楽教養」という側面もあったので、実の娘の姫君のところにも、ちゃんと「物語」はあります。ちゃんと育てられている姫君ですから、「あちこちに散らばったものを寝転んで読んでいる」ではないでしょうが、「物語」はあるのです。だから、それを見て光源氏はこう言います——。

《姫君の御前《まへ》にて、この世馴《よな》れたる物語など、な読み聞かせたまひそ。みそか心つきたるものの娘などは、をかしとにはあらねど、かかること世にはありけりと見馴れたまはむぞ、ゆゆしきや》

《世》というのは恋愛のことでもあって、《世馴れたる物語》というのは、「恋愛中心の物語」のことです。当時の物語の中には「幼い恋の物語」なんかは当たり前にあったので、そんなものに憧れたりはしないまでも（をかしとにはあらねど）、こっそり恋心を抱いた作中人物の娘（みそか心つきたるものの娘）を知って「こういうことって当たり前にあるんだな」と思われちゃったら大変だ（かかること世にはありけりと見馴れたまはむぞ、ゆゆしきや）と思って、光源氏は「恋物語の禁止」を命令するのです。なにしろ、彼女の将来は「帝のお后様」で、結婚相手はもう決まっているのですから、「恋愛」なんていうものを知っておく必要はないし、うっかり知ったら大変なことになると思っているのですね。

『源氏物語』は、「平安朝の物語文学の最高峰」と言われる、最もステータスの高い「古典」の一つです。格調高く難解な古典というものになってしまった『源氏物語』ですが、これを書いた作者は、「この作品は、世間的には下らないと思われている物語の一つよ」と分かって、そのことを主人公の光源氏に言わせているのです。つまり、その初めに『源氏物語』は、「下らない本」の一つでもあったのです。古典だからと言って、それがみんな「ふんぞり返った立派なもの」であるのかどうかは分かりませんね。

二　古典を読んでみましょう

樋口一葉《ひぐちいちよう》を読んでみましょう

実際に古典を読んでみましょう。読むのは、五千円札になっている樋口一葉《ひぐちいちよう》が書いた『たけくらべ』の冒頭部分です。

これを二度読んで下さい。一度目は声に出さず、黙って文章を目で追って、文章の意味を考えるのではなく、「、（読点《とうてん》）」の位置に気をつけて、「これをどういう風に読めばいいのか」と考えながら頭の中で読んで下さい。「見ただけじゃ分からない」と思ったら、声を出さずに唇だけを動かして読んでみて下さい。自分の読む文章がどういう文章かを分かっていないと、声に出して読むことは出来ません。「こう読めばいいのか」と分かるまで声を出さずに読んで、「大丈夫だ」と思ったら声に出して読んで下さい。そういう「二度読む」です。

廻《まわ》れば大門の見かへり柳いと長けれど、おはぐろ溝《どぶ》に燈火《ともしび》うつる三階の騒ぎも手に取る如《ごと》く、明暮《あけく》れなしの車の行来《ゆきき》にはかり知られぬ全盛《ぜんせい》をうらなひて、大音寺前《だいおんじまえ》と名は仏くさけれど、さりとは陽気の町と住みたる人の申《もう》き、三嶋神社《みしまさま》の角を曲《まが》りてより是《こ》れぞと見ゆる大厦《いゑ》もなく、かたぶく軒端《のきば》の十軒長屋二十軒長屋、商《あきな》ひはかつふつ利《き》かぬ所とて、半《なかば》さしたる雨戸《あまど》の外に、怪しき形《なり》に紙を切りなして、胡粉《ごふん》ぬりくり彩色《さいしき》のある田楽《でんがく》みるやう、裏にはりたる串のさまもをかし、一軒ならず二軒ならず、朝日に干して夕日に仕舞《しま》ふ手当《てあて》ことごとしく、一家内《いつか》これにかかりて夫《そ》れは何ぞと問ふに、知らずや霜月《しもつき》酉《とり》の日例《れい》の神社に欲深《よくふか》様のかつぎ給ふ是《こ》れぞ熊手《くまで》の下ごしらへといふ、正月門松《かどまつ》とりすつるよりかかりて、一年うち通しの夫《そ》れは誠の商買人、片手わざにも夏より手足を色どりて、新年着《はるぎ》の支度《したく》もこれをば当てぞかし、南無《なむ》や大鳥《おほとり》大明神、買ふ人にさへ大福をあたへ給《たま》へば製造もとの我等《われら》万倍《まんばい》の利益《りやく》をと人ごとに言ふめれど、さりとは思ひのほかなるもの、此《この》あたりに大長者《だいちやうじや》のうわさも聞かざりき、住む人の多くは廓者《くるわもの》にて良人《おつと》は小格子《こがうし》の何とやら、下足札《げそくふだ》そろへてがらんがらんの音もいそがしや夕暮より羽織引《はをりひき》かけて立いづれば、うしろに切火《きりび》打かくる女房の顔もこれが見納《みおさ》めか十人ぎりの側杖《そばづえ》、無理情死《むりしんぢゆう》のしそこね、恨《うら》みはかかる身のはて危ふく、すはと言はば命がけの勤《つと》めに遊山《ゆさん》らしく見ゆるもをかし、》

どうですか？　読めましたか？「全然楽勝で読めました」と言う人がいたら、「そうですか、よかったですね」でおしまいです。この本は、「古典てめんどくさい。なんだかよく分からない。なんで古典なんか読まなくちゃいけないんですか」と言う人を対象にしているので、「すごく読みにくくてしんどかった。いやになって最後まで読めなかった」と言ってもらいたいのです。まず「めんどくさくてしんどい」と言って下さい。しかし、「なんだか分からないからめんどくさい。めんどくさくてよく分かんないから、知らないことにしておこう」と思ってそっぽを向いてしまうと、それだけです。「なんで分からないいんだ？　なにがめんどくさいんだ」と少し考えてみましょう。それですぐに分かるようになるわけではありませんが、分かるための手掛かりにはなります。

では、樋口一葉のこの文章はなぜ分かりにくくて読みにくいのか？　大きく分けてその理由は三つあります。

一つは、意味の分からない言葉がやたらとあることです。《廻れば大門の見かへり柳いと長けれど》までが一続きですが、これをそのまま同じ調子で読むと息が苦しくなります。だから、どこかで息遣いのギアチェンジをする必要があるのですが、どこでそれをしたらいいのかが分からないので、つらいのです。もしかしたら、《廻れば大門の見かへり／柳いと長けれど》と読む人もいるかもしれません。「《廻れば大門》だから、《見かえる》と《柳》なのかな？」と考えると、そうなります。そうじゃなくて、《廻ればば大門の見／かへり／柳／いと／長けれど》と読んでしまった人もいるかもしれません。どうしてそうなるかと言うと、人間にとって意味の分からないものを読むのはつらくて、自分なりの分かり方で短く切ってちょっとずつ読んでしまうからです。

「文章の意味なんか考えずに、ただ書いてある通りに読んで下さい」と言われても、意味の分からない単語がゴロゴロ転がっている文章を読むのは、そう簡単なことではありません。

樋口一葉の書いたこの文章が読みにくくて分かりにくい第二の理由は、この文章のかな遣いが現代のものとは違うからです。《廻れば大門の見かへり柳》は、《見かへり》と書いて「見かえり」と読みます。他にも《全盛をうらなひて》や、《田楽みるやう》などがありますが、これは「全盛をうらないて（占って）」で、「田楽みるよう」です。現代では、発音通りの言葉を文章に書きますが、昔はそうではありません。第二次世界大戦の終わった昭和二十一年（一九四六）に、「これからは、文章を書く時のかな遣いは、発音通りにする」と国が決めたので、その以前とその後で書き方が違ってしまったのです。

我々の書く文章は「現代かな遣い」というルールによっていて、樋口一葉の書いたこの文章は「歴史的かな遣い」あるいは「旧かな遣い」と呼ばれます。後のことなんか知らない明治時代の樋口一葉は《見かへり》と書いて、現代の我々は「見かえり」と読み、「漢字を当てれば〝見返り〟か」と思うのです。

《廻れば大門の見かへり柳》まではなんとかなりました。でも、この後に《柳》が続いてしまうと、また「はてな?」になりますが、なぜそんなへんな続き方をするのかというと簡単で、《見返り柳》というのが一語で、そう呼ばれる柳の木があったのです。どこにあったのかといえば、《廻れば大門の見かへり柳》と書いてありますから、《大門》の近くのようです。そして、私は意地悪をして振りがなをつけませんでしたが、《大門》は「おおもん」と読みます。「だいもん」と読んでは間違いです。

樋口一葉の生きていた明治時代の東京に「大門」と言われる有名なものは二つありました。一つは、浅草の近くにあった吉原《よしわら》という遊廓《ゆうかく》の入り口で、こちらは「おおもん」と読みます。もう一つは浅草から南に下った芝の増上寺《ぞうじょうじ》のもので、こちらは音読みで「だいもん」と読みます。日本の仏教は、中国から渡って来た漢字で書かれたものですから、仏教関係の言葉は中国風の音読みにするのが普通です。「芝の大門《だいもん》」と「吉原の大門《おおもん》」と読みの違う二つの「大門」は、どちらも「大きな門」であるのと同時に、ほとんど固有名詞と化しています。

「遊廓」というのは、江戸時代に出来た男性のためのエンターテインメント施設で、「傾城《けいせい》」とか「花魁《おいらん》」と言われた遊女達がいました。昭和三十一年（一九五六）に売春防止法というものが制定された結果、「遊廓」というものは存在出来なくなりましたが、

「遊廓」というのはそういう所です。

吉原遊廓の入り口である大門を出て少し行くと、そこに「見返り柳」と言われるものが立っていました。遊廓で一晩遊女と過ごして出て来た男が、その辺で名残《なご》り惜しくなって出て来た方向を振り返ったから、「見返り柳」です。

《廻れば大門の見かへり柳》とは、「ここは、ぐるっと廻れば大門の見返り柳がある所」という場所の説明で、その「ここ」がどこかと言うと、少し後に書いてある《大音寺前》です。私が引用した『たけくらべ』の冒頭部分は、「大音寺前」という所にはどういう人達が住んでいて、どういう暮らしをしているかという説明をしているのです。そのつもりで読むと、そんな気がするはずです。

《大音寺前と名は仏くさけれど》というのは、「地名にお寺の名前はついているけれど」で、そこは吉原の遊廓の近くなのです。《三階の騒ぎも》とあるように、明治時代の吉原には三階建ての建物もあって、そこでは毎晩が宴会です。吉原遊廓の周りはグルッと塀で囲まれていて、その外には「お歯《は》黒溝《ぐろどぶ》」という一種のお堀があります。遊女達は全員がお歯黒をつけていて、その溶液が流されて水が真っ黒になっているから「お歯黒溝」です。現代だったら「マスカラ溝」かもしれません。

「大音寺前」からだと、そのお歯黒溝に映る遊廓の明かりが見えるのです。つまりは、「にぎやかな盛り場の近くでその華やかな夜景も見えるところだから、地名は〝お寺の前〟だけれど、そこに住む自分達が真面目におとなしくしているわけではないと、住人達は言う」で、それが《大音寺前と名は仏くさけれど、さりとは陽気の町と住みたる人の申き》です。「場所の説明なら、説明らしくもっと分かりやすく書けばいいのに」と思うかもしれませんが、こういう風に書こうと思って樋口一葉が書いたんだから、今更文句を言っても仕方がありません。なにしろこれは「古典」なのです。

古典はいつから「古典」になるの？

人によっては、「樋口一葉を分かりにくい古典扱いするとは何事」と怒ったりもするでしょう。でも、樋口一葉の文章が今のものと違っているのは一目瞭然です。

樋口一葉は五千円札になるくらいの作家で『たけくらべ』はその代表作ですが、名前だけは知られている『たけくらべ』を、普通に読める人がどれくらいいるのか、今となっては分かりません。『たけくらべ』が発表されたのは、夏目漱石《なつめそうせき》の『坊っちゃん』が発表されるたったの十一年前です。樋口一葉は漱石よりも五歳若いのですが、文章だけ見れば全然昔の人です。

《親譲《おやゆず》りの無鉄砲で小供《こども》の時から損ばかりして居る。小学校に居る時分《じぶん》学校の二階から飛び降りて一週間ほど腰を抜かした事がある。》という『坊っちゃん』の文章がどれほど分かりやすいかは、『たけくらべ』と比べてみれば分かります。

本来の『坊っちゃん』は歴史的かなづかいで書かれているのですが、現代かなづかいでも歴史的かなづかいでも、ほとんどその差はありません。夏目漱石は「子供」を「小供」と書くのですが、言われてみれば「ああ、そうか」と思う程度で、読むのが困難にはなりません。ちなみに『たけくらべ』は「竹くらべ」ではなくて、「丈《たけ》くらべ」――つまりは「背くらべ」です。題名でさえも説明がいるくらい、夏目漱石と樋口一葉は違っているのですが、なぜそんな違い方をするのかと言うと、夏目漱石と樋口一葉とでは、その文体が違うからです。

夏目漱石の文体は口語体、樋口一葉のそれは文語体です。明治二十年（一八八七）に二葉亭四迷《ふたばていしめい》が言文一致体の『浮雲《うきぐも》』を発表します。この言文一致体が「口語体」となり、口語体で書かれる文章を現代文と言うようになり、そうなって、言文一致体が生まれる以前の文体を「文語体」と言うようになるのです。『たけくらべ』は『浮雲』の八年後に発表されたものですが、まだ言文一致体ではありません。現代かな遣いのように、国が「今日から日本語はみんな言文一致体で書くように」と決めたわけではないので、樋口一葉の文章は当時の人が当たり前に書いていた文章のスタイル――つまり文語体で、最も一般的な文章で書かれるはずの新聞の文章が口語体になるのは、大正時代になってのことなのです。

今から百年も前に終わっていますが、明治という時代は日本が西洋文明を取り入れて、現在にまで続く西洋化への道を歩き始めた時代です。「それ以前の日本とは違う」という意味で、明治から後の時代を「近代」と言うのはそのためですが、しかし「近代」というのは本来、「遠い昔とは違う、現在に続く身近な時代」という意味です。だから、明治時代よりもずっと昔の鎌倉時代に、もう『近代秀歌《きんだいしゅうか》』という本がありました。

『近代秀歌』は、鎌倉時代の歌人である藤原定家《さだいえ》（定家《ていか》とも読む）が、和歌の弟子である鎌倉幕府の三代将軍源実朝《さねとも》のために書いた、短い和歌のテキストです。ここには、簡単な和歌の歴史と和歌を読むための心構え、そして和歌を詠む上で参考になる優れた和歌がセレクトされています。

藤原定家は、「昔の和歌はすぐれていたが、その後はだめな歌が多くなった」と考えているのですが、「その中でもこれはいいよ」と思える和歌を八十首ばかり源実朝のために選んでいます。だから「近代秀歌」なのですが、そこには藤原定家や源実朝が生きているごく最近の和歌から、四百年以上も前の『万葉集』の和歌まで入っています。

「近代」というのは、本来はそれくらいに幅のある「近頃」なのです。

ところが、明治時代になった日本は、西洋の「近代文明」と言われるものを取り入れて、「西洋化＝近代化」ということを始めてしまいました。それで、「明治以後の時代はその以前とはまったく違う〝近代〟なのだ」と思われるようになってしまったのです。でも、その「近代」は突如として新しくなんかなりません。二葉亭四迷達が言文一致体の作品を発表しても、それは一般的ではない「変わった前衛」です。だから樋口一葉はそんなものを使わず、従来からある自分の書きやすい文語体の文章を使って作品を書きました。だから、『たけくらべ』は分かりにくくて説明が必要な「古典」になるのです。

文語体の文章はどこまでも続く

では、文語体と口語体ではどう違うのでしょう? 樋口一葉の文章が分かりにくくて読みにくいのには三つの理由があると言いましたが、その三つ目です。

先ほどの『坊っちゃん』の引用文は、さして長くもないのに、文章の区切りである「。(句点)」が二つもあります。ところが樋口一葉の方には、それが一つもありません。全部「、(読点)」だけで延々と続きます。引用した部分の最後も「、」で、どこまで行ったら「。」のつく文章の区切りに会えるのかと言うと、この引用文の倍の長さの文章が続いてからで、その後でやっと「。」になります。そこまでは息継ぎだけで、文章が止まらないのです。

「ここが文章の区切りだ」と思うと一息ついて休めます。でも『たけくらべ』には、そのための「。」がありません。ちょっと読むと「、」があり、またちょっと行くと「、」

があって、そのすぐ先に「。」があれば、「ここで一休みして、今までのところの意味をまとめて先へ行こう」ということも出来ます。普通の文章は、そのように「分かりながら読み進む」が当たり前ですが、この『たけくらべ』には読みながら文章を分かるための休憩ポイントである「。」がないのです。やたらと「、」ばかりで続いて、いつの間にか、「さァ、分かったでしょ。先に行って。どんどん先に行って」と急《せ》き立てられるようになって、休めないから息は切れるし、次から次へと消化しなきゃいけないものが頭の中に詰め込まれて、頭の中が容量オーバーになってしまいます。「少しずつ分かりながら読もう」と思っても、それがいつの間にか出来なくなってしまうのです。

本当なら『たけくらべ』のこの引用部分は五つの段落に分かれます。それくらい「。」はあってもいいのです。でも、その全部が「、」でつながっているので、どこで切れるのか分かりません。それが文語体の文章で、文語体の文章はそのようにも分かりにくいのです。

三　ちょっと意地悪な樋口一葉

『たけくらべ』はどんな作品？

もう少し樋口一葉《ひぐちいちよう》の『たけくらべ』の話を続けましょう。前回の引用分を参照して下さい。『たけくらべ』の冒頭部分は読みにくくて、それには三つの理由があると言いました。一つは、「意味の分からない言葉がやたらとあること」、二つは「かな遣いが現代のものとは違うこと」、三つ目は「一つの文章が延々と長く続いてしまうこと」です。これだけで十分に分かりにくいのですが、しかしこの文章にはもう一つ、分かりにくくなるような理由が隠されています。それは「この文章の作者がちょっと意地悪だ」ということです。

樋口一葉は「五千円札になった偉人」です。『たけくらべ』は「日本文学史上の名作」です。どうしてこれが「いい加減」だったり「ふざけている」だったりすることがあるでしょう。もう「真面目《まじめ》」で「まとも」だということは決まっていると思います。私達は、うっかりするとそういう「立派なもの」の中に「へんな引っかけ」みたいなものはなくて、読めばすぐ分かるんじゃないかと、なんとなく思ってしまうのですが、それは間違いです。

『たけくらべ』は、近代の日本になって初めての「初恋物語」です。男の子の初恋ではなくて、自分のことをあまり「女」だと意識せずに男の子達と一緒になって遊び回っている美登利《みどり》という女の子が、いつの間にか恋を実感してしまう年頃になるという、初恋の物語です。「初恋の物語」だから悲しい終わり方をするのですが、『たけくらべ』には「淡い恋が終わる」ということの他に、もう一つ悲しい要素があります。それは、美登利という少女が、吉原の花魁《おいらん》(遊女)の妹だということです。

一家は和歌山県(紀州)の出身です。お姉さんが吉原へ働きに来る時、一家揃《そろ》って東京へ出て来ました。遊女として働きに出ることを「身売りする」と言います。他の職業では、仕事に就くことをこんな風に言いませんから、「遊女」というものがかなり特殊な存在だということを、人は分かっていたのです。

遊女は、期間を「何年」と区切った契約制の職業で、報酬は就業時の一括払いです。だから、まとまったお金がほしい人は娘を遊女に売ります。美登利のお姉さんもそうして吉原へ働きに来たのですから、それだけのお金が必要だった美登利の一家は貧乏でした。東京にやって来たお父さんとお母さんは、遊廓《ゆうかく》関係の仕事に就きます。お姉さんは人気の花魁《おいらん》――「全盛の花魁」という言い方をします。ですから、美登利は《廻《まわ》れば大門の見かへり柳いと長けれど》と言われる地域では大きな顔が出来ます。《子供中間《なかま》の女王様《にょおうさま》》と言われるようなガキ大将で、「女らしくおとなしくしてろ」なんてことを言われたりはしません。

美登利は「自由な子供」で「将来美人になるだろうな」と思われているような子供です。その「将来」は「二、三年もすれば」ですから、女の子としてはかなり微妙な「大人と子供の中間点」にいます。遠回しなことを言っていますが、「女の子」の美登利にとって、「女」になるということは、身売りをして遊女になるということなのです。「将来は遊女になって自由がなくなる、でも今だけ自由な女の子」というのが、『たけくらべ』のヒロイン美登利です。『たけくらべ』はそういう作品なのです。

「名作」ではあっても、『たけくらべ』がどういう作品かを学校で説明するのはむずかしいと思いますね。「遊廓」とか「遊女」というものの説明をしなければなりません。今では法律で禁止されている売春行為が、ある時期まで「文化の中心」として存在していたのです。だから、全盛の花魁を姉に持つ美登利は、女のガキ大将になっていられるのですが、そういう話を教室でキチンと説明すると、どこかからクレームが来そうです。

吉原は、江戸時代には文化の中心地でした。でも近代化されて人権思想というようなものが海外から入って来た明治時代になると、ちょっと違います。「吉原万歳」というような雰囲気がなくなっています。だから、幸福な子供時代を過ごしている美登利には、あまり幸福な将来が待っていないのです。作者の樋口一葉は女ですから、「今は幸福でも、将来はそうではない少女の哀《かな》しい話」として『たけくらべ』を書くのです。

でも、それだけだったら、まだ話は簡単です。「幸福な少女時代」を送っている美登利がいるのは吉原のある世界で、美登利が幸福である限り、美登利に幸福をもたらしてくれる吉原は、「陽気で花やかで豊かなところ」になります。でも、「身売り」という言葉を使って女の人を働かせる吉原は「いいところ」なのか、それとも女の子の将来を暗くさせる「悪いところ」なのか、どちらでしょう？　実は、その両方の性格をあわせ持っている「いいんだか悪いんだかよく分からないところ」が、『たけくらべ』の吉原で、樋口一葉は「そういう所っていい所？」と考えたりもする女性なのです。そんなところを舞台にしてちゃんとした小説を書こうとするから、樋口一葉の書き方には、ちょっと意地が悪くて皮肉っぽいところがあるのです。

樋口一葉はちゃんと意地が悪い

《廻れば大門の見かへり柳いと長けれど》である場所は、《大音寺《だいおんじ》前と名は仏くさけれど、さりとは陽気の町と住みたる人の申《もう》し》というようなところです。前回にも言いましたが、「仏くさい」というのは、これと対照的に使われている《陽気の町》からすれば、「陰気でうっとうしい」ということですね。「名前ばかりはそうだ」と言っていても、「仏くさい」はあまりいいニュアンスを伝える言葉ではありません。でもそれは、大音寺前に住んでいる人達に信仰心がなくて、お寺の存在をウットウしがっているということではなくて、《おはぐろ溝《どぶ》に燈火《ともしび》うつる三階の騒ぎも手に取る如《ごと》く、明暮《あけく》れなしの車の行来《ゆきき》にはかり知られぬ全盛《ぜんせい》をうらなひて》と吉原の賑《にぎ》わいを描き出す樋口一葉が、「ここで〝大音寺前〟という地名を出すと、いきなり沈んで暗くなるな」と思ったからです。

《大音寺前》＝「仏くさい」と書いてしまう樋口一葉は、吉原の明るさ賑やかさに対して肯定的なのです。だから「地名は陰気だけど陽気なところなのよ（なにしろ吉原の近くなんだから）」と続くのですが、そうなってその後がへんです。

住んでいる人はそこを《陽気の町》と言うけれども、そこにある三嶋《みしま》神社の角を曲がると、《是《こ》れぞと見ゆる大廈《いゑ》もなく、かたぶく軒端《のきば》の十軒長屋二十軒長屋》です。《大廈》というのは「家」ですが、豪邸クラスの「大きな家」です。《陽気の町》は、角を曲がると「立派な家はなく、屋根が傾きかけた貧乏長屋が続いている」というありさまです。一つの長い平屋の建物の中に十世帯分の家が収まっている集合住宅が《十軒長屋》で、長屋の規模がでかくなるほど居住レベルは落ちて安っぽくなるから、《軒端》も傾いちゃうんですね。

でも、《陽気の町》だから、「そういう貧乏長屋が続くところでも、人は明るく元気に働いているんだろう」なんて風にも思われるのですが、そう思っていると《商《あきな》ひはかつふつ利《き》かぬ所とて》という謎の言葉が登場します。

《かつふつ》というのは「全然（だめ）」という意味で、まだサラリーマンというものがあまり存在しない昔は、「人の住んでいる所」というのは「静かな住宅街」ではなくて、「それぞれの人の働く生活音がする賑《にぎ》やかな所」でもありました。だから、十軒長屋に住む人達はそれぞれに職業を持って、家を商店や作業場のようにしているのですが、ここは「商いが全然だめな所」なんですね。《陽気の町》のくせに、シャッター商店街のようにシンとしている不思議な光景が広がっているのです。

《半《なか》ば さしたる雨戸《あまど》》ですから、かなりシャッター通り商店街ですが、そこに《怪しき形《なり》に紙を切りなして、胡粉《ごふん》ぬりくり彩色《さいしき》のある田楽《でんがく》みるやう、裏にはりたる串のさまもをかし》という謎の物体があります。紙をへんな形に切ってそこに下地の白い塗料（胡粉）を塗ってから、色をつけてある。《田楽》というのは、薄く切った豆腐に串を刺し、味噌《みそ》をつけて焼く料理のことで、「田楽のように、へんな形に切って色が塗ってある紙の裏には、串が貼ってある」です。余分なことを言いますと、《怪しき形に紙を切りなして、胡粉ぬりくり彩色のある田楽みるやう、裏にはりたる串のさまもをかし》は、「怪しき形に紙を切りなして胡粉ぬりくり、彩色のある田楽みるやう裏にはりたる串のさまもをかし」の方が、分かりやすいですね。「、(読点)」の位置を動かして一つ取ったのですが、こうした方が意味は取りやすいと思います。樋口一葉の書いたままだと、《田楽》というものが《胡粉ぬりくり彩色のある》もののように思えてしまいますから。「――もをかし」という言い方は清少納言の『枕草子』でおなじみですが、《裏にはりたる串のさまもをかし、》もそれと同じで、ここは読点でまだ先へ続いてしまいますが、「裏にはりたる串のさまもをかし。」でいいはずです。でもこれが「、」でまだ続いてしまうのは、《彩色のある田楽みるやう》と言われる謎の物体がなんなのかという説明が、この後に続くからです。

分かりやすくではなく、分かりにくく説明する

《廻れば大門の》で始まった長い文章は、普通の現代文なら、《さりとは陽気の町と住みたる人の申き》で一つ切れて、次にこの《裏にはりたる串のさまもをかし》で切れま

す。初めの切れは「大音寺前」という町の位置的な紹介です。その次の切れは、「大音寺前」というところに住む人がなにをしているのかということを説明するためのスケッチです。そういう風に、分かりやすく説明してくれればいいのに、樋口一葉は意地悪で、《彩色のある田楽みるやう》なんてことを言うから、なんのことだか分からなくなります。その謎の物体がなんであるのかという説明はこの後に続くのですが、これもまた「分かりやすく」はしてくれません。

《夫《そ》れは何ぞ》――「それはなんですか?」と尋ねると、雨戸を半分閉めて「色のついた田楽」みたいなものを朝から夕方まで外に置いている長屋の住人達は、《知らずや霜《しも》月酉《つきとり》の日例《れい》の神社に欲深《よくふか》様のかつぎ給ふ是《こ》れぞ熊手《くまで》の下ごしらへ》と言うのだそうです。

大音寺前の住人が作っている不思議な物は年末に開かれる、酉の市に売っている縁起物の熊手を飾る、紙製のパーツだったのです。それを樋口一葉は、分かりやすくではなく、分かりにくくとぼけて説明をします。

まず第一に《霜月酉の日例の神社に》と言います。《例の神社》とは、この大音寺前にある「鷲《おおとり》神社」のことで、この酉の市は有名なのです。そのことを「知ってて当然、説明するのもダサくてやだ」と思う樋口一葉は《例の神社》と言って、更にその「福を掻《か》き集める」と言われる熊手を買い求める人のことを《欲深様》と言います。なるほど「いいことがありますように、金が掻き集められますように」と思って熊手を買うのですから、その人達は「欲深」で、熊手を売る方からすれば「お客様」だから《欲深様》です。「大音寺前の人はそう言っている」ということにして、樋口一葉は言わなくてもいいよけいな悪口を言っているのです。

大音寺前で酉の市の熊手作りを本業にしている人は、その作業を一年中やっています。そうじゃない人も、夏になるとアルバイト感覚で熊手作りを始めて、正月の晴着を買う費用に当てます。その《新年着《はるぎ》の支度《したく》もこれをば当てぞかし》で文章はまた切れて、次は《南無《なむ》や大鳥《おほとり》大明神》です。

なにを祈っているのかというと、買う人に福を与える熊手は、作り手にも当然お金をもたらすので、それで大音寺前の人達は《製造もとの我等《われら》万倍《まんばい》の利益《りやく》を》と祈るのです。でももちろん、樋口一葉は意地悪なので、その後に《此《この》あたりに大長者《だいちやうじや》のうわさも聞かざりき（此あたりに金持ちはいない）》と続けてしまうのです。

ここまでは大音寺前というところの説明ですが、《大長者のうわさも聞かざりき》でまた文章が切れると、そこから先の文章は、「大音寺前に住む人達の正体」になります。熊手作りはしているけれども、それが本業だというわけではなくて、大音寺前の長屋に《住む人の多くは廓者《くるわもの》》――つまり吉原の遊廓を仕事の場にしているのです。

《良人《おっと》は小格子《こごうし》の何とやら》というのは、結婚している男の勤め先は、《小格子》というあまりメジャーではない規模の遊女屋で、「名前なんかどうでもいいじゃない」というところで《何とやら》です。樋口一葉の筆は吉原のことになると微妙にぞんざいになって、その後は《下足札《げそくふだ》そろへてがらんがらん》の「なんのことやら?」です。

昔は、吉原に限らず人の集まる娯楽施設に来る客は、履物を脱いで建物の中に入りました。施設の側には「下足番」という「履物預り係」もいて、この人達は木の札に紐《ひも》のついた《下足札》というものを用意していました。預った履物を間違えないように、下駄《げた》や草履《ぞうり》の鼻緒《はなお》の部分にその紐を通して結びつけたのです。吉原の遊女屋にもその《下足札》はありましたが、ここではそれをちょっと変わった使い方をしました。夜の営業開始時間が近づくと、多くの下足札についた紐を束ねて、お店の入口の土間に叩《たた》きつけるのです。それが「夜の営業開始」の合図で、《下足札そろへてがらんがらん》です。

束になった紐の先には多くの下足札がぶら下がっています。この札が地面に扇形に広がるように叩きつけてから紐を手繰り寄せるのは、「客を多く引っ張り込む」という、店側の縁起かつぎのパフォーマンスなのですが、その音が聞こえるような夕暮れになると、長屋に住む《廓者》達は羽織を引っかけて出勤です。

亭主が出掛ける時、女房は「無事で行ってらっしゃい」という意味で、後ろから火打石をカチカチと打ち合わせます。それが《切火《きりび》打かくる》で、江戸から明治時代くらいまでは普通の習慣でしたが、吉原に出勤する大音寺前の人達にとっては、《女房の顔もこれが見納《みおさ》めか》という特別なことにもなってしまいます。そのように樋口一葉が書くのは、吉原では恋愛がらみの殺人や傷害事件が起こることもあって、うっかりすると《恨《うら》みはかかる身のはて危ふく》のとばっちりで、人が遊びに来る吉原も、そこで働く人間にとっては《すはと言はば命がけの勤《つと》め》になってしまうからです。

もちろんそれは、樋口一葉の大いなる皮肉で、だから彼女はこの一節を《遊山《ゆさん》らしく見ゆるもをかし》とまとめてしまいます。つまり、「危険な職場に行くんだけれど、それでも遊びに行くみたいに見えるから素敵ね」です。
樋口一葉にとっての吉原はそういうところで、その「いいんだか悪いんだか分からない所」を、樋口一葉は皮肉な目で見て、知らん顔をして書くのです。

樋口一葉は「名文家」として知られています。文章の達人です。それがどういうことかを、以上の『たけくらべ』の文章から判断して下さい。

まず「美しいリズム」を持っています。ただの「写生文」ではなくて、「上げたり下げたり」のいろんな要素が文章の中に入っていて、ふざけてさえいます。そういうことをして、樋口一葉は「吉原の近くにある大音寺前」という場所の雰囲気を描き出しているのです。長い一つの文章の中にいろいろなものを叩き込めて、それで文章が破綻せず、美登利という女の子の住んでいる現実がちゃんと描かれている——だから、樋口一葉は文章の達人なのです。

文章というのは、そういういろんな要素が平気で入り込んでしまうもので、古典だからと言って、真面目なだけでふざけてなんかいないというのは、ただの誤解なのです。

四　和文脈の文章と漢文脈の文章

ひらがなだらけで句読点のない文章

前回は、樋口一葉《ひぐちいちよう》の文章をチェックしたりいじくったりしました。《怪しき形《なり》に紙を切りなして、胡粉《ごふん》ぬりくり彩色《さいしき》のある田楽《でんがく》みるやう、裏にはりたる串のさまもをかし》ではなくて、「怪しき形に紙を切りなして胡粉ぬりくり、彩色のある田楽みるやう裏にはりたる串のさまもをかし」の方が分かりやすいでしょうとか、全部が読点（、）になってしまっているけれど、《裏にはりたる串のさまもをかし、》ではなくて、「裏にはりたる串のさまもをかし。」にして、ここで文章を切った方が分かりやすいとか。はっきり言いますが、私は「樋口一葉の句読点の使い方はへんだ」と言っているのです。べつに間違っているわけではなくて、今とは違っているからへんに見えるのです。

今では文章に句読点があるのは当たり前ですが、昔の日本語の文章に句読点はありません。たとえば、平安時代の『源氏物語』の始まりはこう書かれています――。

《いづれの御ときにか女御更衣あまたさぶらひ給ひける中にいとやんごとなききはにはあらぬがすぐれてときめき給ふありけりはじめより我はと思ひあがりたまへる御かた〴〵めざましきものにおとしめそねみ給ふおなじ程それよりげらうの更衣たちはましてやすからず朝夕のみやづかへにつけても人のこゝろをのみうごかしうらみをおふつもりにやありけむ》

どうですか？　見るだけでいやになりませんか？　これはほとんど暗号文です。どうしてこういうものを昔の人は読めたのか？　それは、文章というものがこういう書き方をするものだということを分かって、慣れていて、そこに「知っている言葉」が並んでいたから、それをピックアップして意味をとりながら読むことが出来たのです。少し「昔の人」になってみましょう。

《いづれ》は《いずれ》です。「どれかな？　どっちかな？」と迷っているのですが、つまりは、どれかの《御ときにか》です。《御ときにか》とはなんだ？　と考えて、この《とき》は「時」ではないかと思います。きっと正解ですが、「時」になんだって《御》の文字が付くのか。《御》は「おほむ＝おおん」と読んで、尊敬の意味を表します。「時」に敬語が付くというのは分かりにくいですが、そう思うのは、あなたが現代人で「時間というものはみんなで共有しているものだ」と思っているからです。でも昔は、時間というのは「支配者のもの」でした。だから「時」にも敬語が付いて、その敬語は「時を支配している支配者のための敬語」なのです。

　話はめんどくさくなりましたが、つまりは「どの帝《みかど》の御代《みよ》だったか」です。べつにそうは書かれていませんが、昔の人は《御時》とあるだけで、帝の存在を連想することが出来るのです。だから、その後の《女御更衣》は簡単です。《女御《にょうご》》は、何人もいる「帝のお妃達《きさきたち》」のことで、《更衣《かうい》》の現代風の発音は「こうい」――女御よりは身分が下の、やっぱり「帝のお妃達」のことです。

　こんな風に『源氏物語』の解釈をして行くととんでもないことになってしまうのでやめますが、昔の人がこういう句読点がなくて漢字もほとんどないような分かりにくい文章を読めたのは、昔の人には昔の人なりの知識があって、それで《いづれの御ときにか女御更衣あまたさぶらひ給ひける――》と続く文章を見ると、文章の中から「知っている単語」がパッパッと浮かんで来て、「意味の分かる文章」になったからです。「知っているから分かる」です。「日本語だから分かるだろう？」字が読めるんだろう？」と言われて「はい」と言うと、あなたは《いづれの御ときにか――》という文章を読んで、意味が分からなければならなくなります。あなたが「昔の人」ならですけどね。

ここからはちょっとした引っ掛けです。「日本語だから分かるだろう？」という言い方は、ちょっと微妙です。この裏には「日本語じゃないから分からない」ということも隠されています。ややこしい言い方をすれば、昔の日本語の文章には「日本語じゃない文章」というものもちゃんと存在していたからです。それはなんでしょう？「日本語の文章じゃないくせに日本語の文章」というのは漢文のことです。

日本人は、初め文字を持っていませんでした。中国から漢字が伝わって、それで文章が書けるようになりました。だから、日本人が最初に書いた文章は、漢字ばかりが並んでいる漢文です。ひらがなやカタカナは漢字から日本人が生み出したもので、その昔の日本人は、漢字ばかりで文章を書いていました。ひらがなやカタカナが生まれた後になっても、ひらがなやカタカナを使って書かれた文章は、あまり教養のないランク落ちの人が読むものだと思われていて、『源氏物語』がひらがなばっかりなのは、女性の作者が書いた女性向けの読み物で、つまりは女性差別の結果なのです。前にも言いましたが、インテリの光源氏が当時の「物語」というものを「下らないもの」と思っている原因の一つは、これがひらがなで書かれていることにあります。

昔の日本では、漢文が正式な文章でした。でも、漢文というのは「漢字だけで書かれた中国語の文章」です。「日本語だから分かるだろう？　字が読めるんだろう？」と言われても、それだけでは読めません。昔、重要なことは全部漢文で書かれていて、漢文を読むことが「学問をする」ということでした。だから、立派な社会人になろうと思う人は、漢文が読めるようにならなければなりません。でも、ただ漢字が並んでいるだけの漢文は、《いづれの御ときにか――》の『源氏物語』よりも、ずっと難しいのです。

試しに見てみましょう――。

句読点のある漢字だらけの文章

《初里見氏之興於安房也徳誼以率衆英略以摧堅平呑二総伝之于十世威服八州良為百将冠当是時有勇臣八人各以犬為姓因称之八犬士》

見るだけでいやになるでしょう。なんだか分からなくてお経みたいですが、お経ではありません。お経も漢文で書かれているから、漢字ばっかりが並んでいるのを見ると「お経みたい」と思えるかもしれませんが、この文章はもう少し「知っているかもしれないもの」です。勘のいい人なら、この漢字だけの並びを見て「あれかな?」と思うかもしれません。でも、この文章だけではなんともならないので、もう少し分かりやすくしましょう。この文章を書いた人も、それは分かっているので、元の文章には「句読点」に近いものが、ちゃんとあります。

《初里見氏之興於安房也。徳誼以率衆。英略以摧堅。平呑二総。伝之于十世。威服八州。

良為百将冠。当是時。有勇臣八人。各以犬為姓。因称之八犬士。》

読点はなくて、「。」の句点ばかりですが、こういう風に短く切ってもらうと、「なんだかわけの分からないことばっかりだ」とは思っても、「知っている単語」が浮かび上がって来ることだけは分かるでしょう。一番最後に《八犬士》と書いてあるのは、はっきりと分かります。この文章を書いた人は、江戸時代の曲亭馬琴《きょくていばきん》で、これは彼の書いた長い物語『南総里見八犬伝』の一巻目の序文です。

これだけではまだ読みにくいので、原文には漢文を読むための記号や送りかながつけてあります。それに従って最後の方を読んでみましょう――。

《当テ二是ノ時ニ一（是《こ》ノ時ニ当《あたつ》テ）。有リ二勇臣八人一（勇臣八人有リ）。各以レ犬ヲ為レ姓ト（各《おのおの》 犬ヲ以《もつテ》姓ト為《なす》）。因称テス二之ヲ八犬士ト一（因《よつ》テ之《これ》ヲ八犬士ト称ス）。》

「この時に際して、八人の勇敢な家来がいた。各人が〝犬〟の字を姓にしていて、そのために〝八犬士〟と言う」ですね。この初めの方も読んでみましょう——。

《初メ里見氏之興ルヤ二於安房ニ一也（初メ里見氏之《の》安房《あわ》ニ興《おこ》ル也《や》）。徳誼以率ヰレ衆ヲ（徳誼《とくぎ》以《もつ》テ衆ヲ率《ひき》ヰ）。英略以摧クレ堅ヲ（英略《えいりやく》以堅《けん》ヲ摧《くじ》ク）。平二呑シテ二総ヲ一（二総ヲ平呑《へいどん》シテ）。伝ヘ二之ヲ于十世ニ一（之《これ》ヲ十世ニ伝ヘ）。威二服シテ八州ヲ一（八州ヲ威服《ゐふく》シテ）。良メテ為二百将ノ冠一（良《はじ》メテ百将ノ冠《かん》タリ）。》

「初め、里見氏は千葉県の安房の国に興った。いい政治をして民衆を率い、すぐれた計略で強い敵を倒した。上総《かずさ》と下総《しもうさ》の二国（二総）も領地にして十世の子孫まで伝え、関東の八箇国（八州）を従えて、多くの武将達の頂点に立った」です。むずかしい表現で「里見氏はすごいんだぞ」と言っています。

漢文を読むための記号——《以レ犬ヲ為レ姓ト》の左側にあるのは「レ点」と言って、この記号があったら、下から上へ順序を変えて読みます。だから《犬ヲ以》で《姓ト為》です。もうちょっと複雑なのは《当テ二是ノ時ニ一》の左側にある「一二点」と言われる記号で、二の下にある文字を一まで読んで、それから二のついている文字を読みます。だから《是ノ時ニ当テ》ですが、《平‐呑シテ二総ヲ一》のように《平》と《呑》の間に英語のハイフンのような記号がついている時は、《平呑》は一語だということで、《二総ヲ平呑シテ》と読みます。

なんでそんなめんどくさいことをするのかというと、中国語のあり方で文字が並んでいるのを日本語として読むためで、それをするのは、漢文が「正式の文章」だったからです。だから、『南総里見八犬伝』を書こうとした曲亭馬琴は、「これは下らない本じゃないぞ」とカッコをつけて、序文を漢文で書いたのです。

漢文は誰にでも読めるものではありません。だからカッコつけに使われたりもして、「こういう風に読むんだよ」という解読の記号をつけたり、「ここで一まとまりになっているんだよ」という記号――「。(句点)」をつけたりするのですが、実は、句読点の「句《く》読《とう》」という言葉は、漢文を読むその読み方――どこでどう区切って読むかということなのです。「日本語なら日本人には分かるから、日本語の文章に句読点はいらない。でも、日本語じゃない文章の漢文は日本人に分からないから、句読点はいる」なのです。

だから、まだ江戸時代の曲亭馬琴の文章は、ちょっとへんです。『南総里見八犬伝』の本文は漢文ではなくて、漢字とひらがなのまじったいわゆる「和漢混淆文《こんこうぶん》」ですが、どこかに漢文の匂いがします。『南総里見八犬伝』の本文の最初の部分を見てみましょう――。

《京都の将軍。鎌倉の副将。武威《ぶゐ》衰へて偏執《へんしう》し。世は戦国となりし比《ころ》。難を東海の浜《ほとり》に避《さけ》て。土地を闢《ひら》き。基業《もとゐ》を興《おこ》し。子孫十世《じつせ》に及ぶまで。房総《あはかづさ》の国主たる。里見《さとみ》治《ぢ》部大夫《ぶのたいふ》義実《よしざね》朝臣《あそん》の。事蹟をつら〳〵考《かむがふ》るに。清和の皇別《みすゑ》。源氏《げんじ》の嫡流《ちやくりう》。鎮守府《ちんじゆふ》将軍《せうぐん》八幡太郎《はちまんたらう》。義家《よしいへ》朝臣。十一世。里見《さとみ》治《ぢ》部少輔《ぶのせうゆう》　源《みなもとの》　季基《すゑもと》ぬしの嫡男《ちやくなん》なり。》

樋口一葉の『たけくらべ』の文章は「、」ばかりでしたが、こちらは「。」ばかりです。樋口一葉は、自分の文章にそれほど「。」をつけませんでしたが、曲亭馬琴の文章はやたらと「。」ばかりです。《清和の皇別。源氏の嫡流。鎮守府将軍八幡太郎。義家朝臣。十一世。里見治部少輔源季基ぬしの》と続けられると、そんなに分からなくはありませんが、名前ばかりがいくつもあるので、「これはなんのこと?」という気になります。

これは「清和天皇の子孫で、源氏の嫡流である鎮守府将軍になった八幡太郎義家の、十一世の子孫である里見治部少輔源季基さんの」ということなんですが、《八幡太郎》と《義家朝臣》の間に「。」があるから、これが同一人物ではない別人のことのように思われてしまうし、《義家朝臣》《十一世》《里見治部少輔——》で切られてしまうと、「なんでこんなところに〝。〟があるんだろう?」と思ってしまいますが、同じ曲亭馬琴の書いた漢文の序文を思い出してもらえば分かると思います。この「。」のつけ方は、漢文の「。」のつけ方に近いのです。

樋口一葉は、《廻《まわ》れば大門の見かへり柳いと長けれど、》で、言葉が流れて文章になります。でも、曲亭馬琴の文章は、《京都の将軍。鎌倉の副将。武威衰へて偏執し。》と、まるで四字熟語を並べて行くような文章です。曲亭馬琴の文章は漢文系で、樋口一葉の文章は、漢文ではない「和文」と言われる系統の『源氏物語』以来の文章です。日本語には、そういう和文脈、漢文脈という二つの文章の種類があるのです。

句読点とはなんでしょう

句読点の話をします。句点（。）は簡単ですね。文章の終わりを示す記号で、英語のピリオドに当たります。では読点（、）というのはなんでしょう。「英語のカンマみたいなもんだろう」とお思いかもしれませんが、よく考えると頭がくらくらします。なんだかよく分からないからです。それで、文章を書くということになると読点の付け方で迷います。「〝、〟《てん》てどう打てばいいんだろう？」と考えて、「〝、〟の打ち方に決まりってあるんだろうか？」と考えますが、その決まりはありません。あったとしても、それで縛られることはありません。好きなように「、」を打てばいいのです——だから、「そう言われると困るんだけど」ということになります。それが読点です。

読点は見ての通りで、「読みの点」です。音楽で言うなら、楽譜の上に書いてある、息つぎのブレス記号です。だから、この本の二回目で樋口一葉《ひぐちいちよう》の『たけくらべ』の冒頭を紹介した時に、「読点の位置に気をつけて読んで下さい」と言ったのです。「、」のあるところで息つぎをする――つまり間《ま》を取りながら読むのです。

樋口一葉の「、」は、意味をはっきりさせるためのものではなくて、読む時の息つぎの点ですから、意味の取りやすい「怪しき形《なり》に紙を切りなして胡粉《ごふん》ぬりくり、彩色《さいしき》のある田楽《でんがく》みるやう裏にはりたる串のさまもをかし」ではなくて、《怪しき形に紙を切りなして、胡粉ぬりくり彩色のある田楽みるやう、裏にはりたる串のさまもをかし》なのです。どうしてかと言うと、この文章を書く時に、樋口一葉がそのような息づかいをしていたからです。

読点は、まず書き手の息づかいの跡なのです。前回に紹介した曲亭馬琴の文章は「。」ばかりでしたが、この「。」は読点と句点の両方を兼ねています。引用した部分の最後の「。」だけが句点になって、それ以外の「。」は全部読点の役割をするものです。だから、《京都の将軍。鎌倉の副将。武威《ぶゐ》衰へて偏執《へんしう》し。――》と続く文章は、《京都の将軍（間）鎌倉の副将（間）武威衰へて偏執し（間）》と読むのです。馬琴はそのような息づかいでこの文章を書いていて、「そのように読むとメリハリがついてカッコいい」と考えていたのです。

そのように考えると、前回に言った《清和の皇別《みすゑ》。源氏《げんじ》の嫡流《ちやくりう》。鎮守府《ちんじゆふ》将軍《せうぐん》八幡太郎《はちまんたらう》。義家朝臣《よしいへあそん》。十一世。里見《さとみ》治部少輔《ぢぶのせうゆう》　源《みなもとの》　季基《すゑもと》ぬしの嫡男《ちやくなん》なり。》の部分の「。」の多さの謎も分かります。この「。」は全部ブレス記号で、「〝。〟のところを間を取って読め」という指示でもあります。ふりがなまで「歴史的かな遣い」なので読みにくいとは思いますが、読みにくいところはテキトーにごまかして、この部分を作者の指定通りに声を出して——しかも周りがちょっと驚くような大きな声を出して読んでみて下さい。そうすればリズムが生まれ、長ったらしい前奏の末に「八幡太郎義家の十一世の子孫」である「里見治部少輔源季基さんの息子」がカッコよく登場するようになっているのが分かるはずです。

「八幡太郎」と言われる源義家は、源頼朝《よりとも》のお祖父《じい》さんのお祖父さんである高祖父《こうそふ》（系図の上では曾祖父）に当たる人で、この人を先祖に持つことが、源氏の中では最も由緒正しいということになっていました。だから、源義家を語る前の部分がやたらと長く、それを語る内にのってきてアップテンポになり、「ジャジャーン！」という感じで「その子孫である里見治部少輔源季基の息子なんだぞ！」ということになるのです。

なんでそんなに意味のないカッコづけをするのかというと、「里見治部少輔源季基の息子」である《里見治部大夫義実朝臣《さとみぢぶのたいふよしざねあそん》》が、長い長い小説である『南総里見八犬伝』の中心に存在する人物だからです。義実の娘伏姫《ふせひめ》が犬の八房《やつふさ》と関係して、そこから八犬士が誕生するという、エロとグロがこっそり存在している真面目《まじめ》な冒険小説が『南総里見八犬伝』で、八犬士は里見治部大夫義実朝臣とその一族のために働きます。物語の中心軸が里見治部大夫義実朝臣だから、その彼を紹介する冒頭はやたらと長くて、カッコをつけるのが当然なのです。

昔の武士は、戦場で名乗りを上げる時に、「自分はどこの土地の人間でどういう身分の先祖を持っているどういう人間か」というような自己紹介をします。主人公の紹介をする『南総里見八犬伝』の冒頭もこれと同じです。里見治部大夫義実朝臣は、里見治部少輔源季基の息子なのです。「きっとそうなんだろうなァ」とは思えても、なんだかよく分からない感じがするのは、「義実」と「季基」の間にいろんなものが入って、しかもこの子と父の名前の書き方が微妙に違うからです。

正式の書き方をすれば、お父さんは「里見治部少輔源季基朝臣」、息子の方は「里見治部大夫源義実朝臣」で、父の名は「季基」、子の名前は「義実」です。「里見」はこの父と子が支配した土地に由来する名で、つまりは「姓」。「治部」は「治部省」という朝廷の役所の名――「少輔」はそこの管理職の名前です。お父さんの季基は「治部省の少輔」でもありましたが、子の義実の方は違います。「治部大夫」は「お父さんは治部省の役人だったが、自分はポストを持たないただの貴族」というようなもので、「大夫」というのは「朝廷から五位の身分をもらった、貴族としての資格があるもの」です。「形は貴族だけどその他はなんにもない」が「大夫」で、誇るべき肩書きのない義実は、「お父さんは治部少輔だったんだぞ」という誇り方をして、「治部大夫」と言うのです。これは、昔には当たり前の誇り方でした。

そして、「里見」で「治部」である季基、義実の親子は源氏の一族です。だから、正式の姓名は「源季基」「源義実」になって、最後に「朝臣」の二文字を付けます。里見親子の身分がもう少し高かったら「源朝臣季基、源朝臣義実」と書きますが、そんなに身分は高くないので「源季基朝臣、源義実朝臣」です。「へー、そんな違いがあるんですか」と言いたくなるようなどうでもいいお作法みたいなもんですが、残念ながら、そういう決まりがあるのです。

重要なのはリズムとカッコつけ

『南総里見八犬伝』は戦国時代の話で、《京都の将軍。鎌倉の副将。武威衰へて》と始まります。将軍家の力がガタガタになっていて、京都の朝廷なんかどうなっているのか分からない時代なのに、それでも「治部少輔」だったり「朝臣」――これもまた朝廷から与えられる身分の一つです――だったりが、自分を飾るものとして堂々とまかり通る。これは江戸時代になっても同じで、「浅野内匠頭《たくみのかみ》」や「松平越前守《えちぜんのかみ》」の「内匠頭」「越前守」は、徳川幕府とは関係のない、奈良、平安時代以来の古い朝廷の官職です。なんでそんなことをしていたのかというと、肩書がカッコつけで、「カッコつけなら、一番古くて由緒正しい朝廷の肩書がベスト」と思われていたからです。

そういうもんだったから仕方がありません。カッコつけが当たり前の時代だったから、曲亭馬琴《きょくていばきん》だって自分の生きている時代に見合ったカッコつけをするのです。そして、そうでありながら、作家である曲亭馬琴は「ただ名刺の肩書を写すようなことをしていてもしょうがない」と思って、義実と季基とで、名前の書き方を少し変えるのです。たとえば《里見治部大夫義実朝臣》を「里見治部大夫源義実朝臣」とすると、少し文章のテンポが落ちます。その後に《源氏の嫡流。鎮守府将軍八幡太郎。》とあるので、「源」がダブって、なんだかダサくなります。最後の《里見治部少輔源季基》の後に「朝臣」が続かなくて《ぬし》という言葉になっているのも、「朝臣」という遠い昔の朝廷に続く敷居の高い言葉ではなくて《ぬし（主）》という、ちょっと尊敬の入った対等に近い言葉にした方が話が身近になると考えた上でのことでしょう。

昔は、文章を書く上でこういう演出をしました。文章を盛り上げるように、読む人を飽きさせないように、読む人を気持ちよくさせるようにです。そういうものが昔は「名文」と言われたのですが、今ではあまりそういうことが問題にされません。「文章は短く簡潔に」というのが一番よくて、途中に息つぎが必要で、最後を盛り上げるために文章を延々と長く続ける、なんてことはやりません。うっかりそんなことをすると「分かりにくい文章」で「悪い文章」になってしまいます。うっかりすると、書いている方も「自分はなにを書こうとしてたんだっけ？」と迷うようなものになってしまいます。実は曲亭馬琴だってそうなんです。だから、『南総里見八犬伝』の冒頭部分は微妙にへんです。

曲亭馬琴の書き方は、「里見義実は、戦乱の世となった頃、その難をさけて東へやって来て土地を開拓し、十代まで続く房総の領主となった」なのですが、そういう里見義実の《事蹟をつら〳〵考《かむがふ》るに。》と続いた文章の結びは「源季基の息子なり」なんです。《事蹟》というのは「その人のやったいろいろのこと」ですが、それを語ると言っておいて馬琴のやったことは「源季基の息子なり」だけなんですね。もちろんこの後に里見季基、義実父子が戦いの末に房総の方へやって来る話が続くのですが、「事蹟を語る」で始まる文章の結びがただ「誰某《だれそれ》の息子なり」はおかしいですよね。「語ろうとしたことがまだ語られていない」「文章のあり方として一貫していない」というので、×がつけられてしまうでしょう。樋口一葉の文章も似ていますが、昔はこれでいいのです。昔の文章は「論理を語る」や「論理的に語る」がすべてではないのです。

「事蹟を語る」で始まった文章の結びが「息子なり」だけで終わっても、その後に「事蹟」であるような物語が続けられていれば、誰も「この文章の構造はおかしい」なんていうクレームをつけないのです。それ以前の「。」は全部息つぎの読点で、《里見治部少輔源季基ぬしの嫡男なり。》の「。」は、明らかに文章の終わりを示す句点です――文章の形はそのようになっています。でもそのくせ、この句点は「しっかりした結び」の役目を果たさずに、読点のように後の文章へ続いてしまうのです。それが分かっているから、馬琴も《事蹟をつら〳〵考るに。》と言って、《事蹟》を述べる前に「。」にして、それを読む昔の人も特別に「へんだ」なんてことを言わなかったのです。

説明だけが文章ではない

昔の文章に句読点はありません。ぐだぐだ長く続いて、あまり論理的ではないような形の文章を作ります。それが古典の文語体で、「それじゃちょっと困るよな」ということになって、言文一致の口語体が生まれるのです。口語体が生まれて、それ以前の文章は「文語体」と言われる「古典」になるのです。今の時代に文章を書く原則が「短く簡潔に、分かりやすく」になってしまったのは、それ以前の文語体の日本語がそういうものではなかったからです。「それじゃいけない」という方向がやたらと強くなった結果、現代の日本語はただ「意味を説明する文章」で「言いたいことを言うだけの文章」になってしまったのです。だから、それに慣れてしまった私達にとって、古典というものが読みにくくなってしまったのです。

筆で書かれた昔の文章が今では活字化されて、読みやすいように、分かりやすいように、句読点も付け加えられています。でも、それで読みやすく分かりやすくなったのかどうかは分かりません。句読点がないと分かりにくいのは確かですが、句読点がない時代に書かれた昔の文章は、今の句読点のある文章の規則とは違った原則で書かれているので、うっかり句読点がつけられてしまうと違った意味にとられかねない危険もあるのです。

では、そういう昔の文章はどのような原則で出来上がっていたのでしょうか？　答はもうはっきりしています。ブレスの息づかいです。文章を読めば、句読点なしでも「知っている単語」が浮かび上がって、文章の形が見えて来ます。文章の形が見えて来ると、どこで間を取るのかが分かって来ます。書き手は、その息づかいが見えるように文章を書き、読み手はその息づかいを感じ取って文章を読むのです。それが古典の文章です。「それでOK」ということになっていたから、句読点があってもあんまり句読点としての意味をなさないし、句読点なしでだらだらと続いて行く不思議な文章もあって、そうであっても「ちゃんとした文章」になっていたのです。

六　はっきりした説明をしない小野小町

論理的な説明はどうでもいい

繰り返しみたいですが、古典の文章には句読点がありません。明治時代になって西洋の本を翻訳するようになって、そこにピリオドやカンマが存在するのを見て、日本語にも同じものが生まれたのです。それが現在の句読点で、句読点と一緒に「？」の疑問符や「！」のビックリマークも日本語の文章の中に存在するようになってしまいました。

それ以前の日本語にそんなものはありません。今の日本語の文章は、明治時代になって作られた言文一致体の流れを汲《く》む「新しい日本語」で、だからこそそれに慣れた私達は、「それ以前の日本語」である古典が読みにくいのです。

明治時代になって作られた新しい日本語は、ピリオドやカンマの日本版である句読点があることからも分かるように、イギリス、アメリカ、フランス、ドイツ、ロシアといった西洋の言葉の影響を受けています。どうして日本語が西洋の文章の影響を受けたのかというと、西洋の文章がそれ以前の日本語の文章とは違って、論理的で分かりやすかったからです。

日本語はそんなに論理的じゃありません。だからこそ、こんな和歌が日本には当たり前にあるのです――。

《花の色はうつりにけりないたづらにわが身世にふるながめせしまに》

『百人一首』にも入っている小野小町の有名な歌で、歌の意味は「桜の花の色は変わってしまったのね。私がぼんやりと物思いにふけっている間に。雨もずっと降っていたし」です。

和歌というもののむずかしさは、「こういう意味ですよ」と説明されると、「だからなんなんですか？　そんなことのどこがよくて、重要なんですか？」という風になってしまうところにあります。説明されなきゃ分からないんだから、「論理的」じゃないんです。説明されても「だからなに？」と思ってしまうようなもんだから、説明がうまく出来なくて、だからこそ論理的ではないんです。

たとえば、こういう和歌も『古今和歌集』の一番最初にあります。作者は在原業平《ありわらのなりひら》の孫の在原元方《もとかた》という人です——。

《年の内に春はきにけりひとゝせを去年《こぞ》とやいはむ今年とやいはむ》

昔の一年は、三百六十五日でも三百六十六日でもありませんでした。昔は月の満ち欠けを基準にした太陰暦（旧暦）を使っていて、一カ月は三十日の大の月か、二十九日の小の月のどちらかでした。だから、計算をすれば分かりますが、一年は頑張っても三百六十日が最長で、毎年五日程度の余りが出ます。この余りは、放っておけばどんどん貯《たま》って行くので、何年かに一度「閏月《うるうづき》」というものを入れて調整します。そうなると、一年は十三カ月になってしまいます。

そういう不思議な一年の始まりが、昔は「立春」でした。それで、今でも正月のことを「新春」と言ったりするのですが、本来なら「一月一日＝立春」であるはずなのに、一年の長さにぐらつきのある昔は、ジャスト一月一日が立春ではありませんでした。一月の二日とか三日とか、もう少し後に立春の日が来ることもありましたが、昔は「立春が来る月」のことを「正月」と言ったので、たいした不都合もありませんでした。しかし、立春が一月一日より後に来ることがあれば、もっと早くその前に来てしまうことだってあります。どうしてそういうことになるのかと言えば、一カ月や一年の長さが月の満ち欠けを基準にしているのに対して、立春というのは空にある太陽の位置を基準にして決められるからです。

というところで、在原元方の歌です。これは立春がずれてしまった年のもので、「まだ十二月なのに立春になっちゃった。昨日までと、まだ少し残っている十二月の日々を〝去年〟と言ったらいいんだろうか？　それとも〝今年〟と言うべきなんだろうか？」と言っているのです。

「そんなもん、どっちでもいいじゃないか。めんどくさい説明のくせにどうでもいい和歌だな」とあなたが思っても、問題はありません。昔からそう思っている人はいくらでもいたからです。

在原元方のこの歌は、昔から『古今和歌集』の主知的な傾向——つまり理屈を重視してしまう傾向を代表する作品と言われていました。だから、「なんでこんなどうでもいい歌が『古今和歌集』のしょっぱなにあるんだ?」と思う人はいくらでもいたのです。和歌の世界の「論理的」は、「どうでもいいことを理屈で説明する」なのです。だから、和歌を「論理的じゃない」と言っても仕方がありません。和歌というのは、古い日本語の中核にあるようなもので、だからこそ昔の日本語の文章は、今のものとはかなり違うのです。

小野小町の《花の色は》の歌も『古今和歌集』の「春」の部に収録されています。昔の和歌集は「春の部、夏の部、秋の部、冬の部」と分かれていて、そこに収録される和歌は、季節の移り変わりを表すように配置されています。たとえば、「春」の部の最初の方にあるのは「まだ雪は降っているけれど、もう春はやって来ている」という歌で、それから梅の花が咲いたり、桜の花が咲く歌になって、その最後の方では、「もう桜の花も散って、春も終わってしまう」という和歌になり、「春の部、終わり」ということになります。『古今和歌集』の冒頭にある在原元方の歌は、「春の部の冒頭」に当たる和歌で、「一年は春で始まるが、その始まりの立春が十二月になっちゃう年だってあるしな」ということを、律気《りちぎ》に釈明するために置かれているのです。私なんかは、「そこまで正確さにこだわる必要ってあるのかな？」とは思いますが。

ついでに、在原元方の歌に続く『古今和歌集』春の部二番目の和歌は、紀貫之《きのつらゆき》のこういう歌です——。

《袖ひちてむすびし水のこほれるを春立つけふの風やとくらむ》

「いつもなら袖を濡《ぬ》らして（ひちて）すくっていた（むすびし）水は凍っている（こほれる）けれど、立春の今日に吹く風は溶かしてくれるんだろう（風やとくらむ）」という歌です。「いくら立春だからといって、水に氷が張るような日にそんな暖かい風が吹いたりするんだろうか？」という疑問も生まれますが、この歌は「立春＝暖かい＝氷も溶ける」という、ステロタイプな決めつけで出来上がっています。これもまた理屈っぽい歌ではありますが、「一年は立春で始まる」というのなら、この和歌で『古今和歌集』は始まってもいいのです。でも、そうであってもやっぱり、「十二月に立春が来ることもあるしなァ」と考えてしまうのが、主知的な『古今和歌集』なのです。

太陰暦を使っていた昔の春は、一、二、三月の三カ月間で、立春の一月一日から始まって立夏（ほぼ四月一日）の前日で終わります。「春が始まる日」も「春が終わる日」も決まっているので、「まだ雪は降っているけれど春だ」とか「今日で春は終わってしまう」とかが言えるのです。

小野小町はなにを言うのか

それで、小野小町のこの歌が『古今和歌集』の「春」の部のどこら辺にあるのかというと、わりと最後の方です。この歌の前後には「桜の花が散っている」という和歌が並んで、だからこそ「散っている」とは言っていないけれど、「花の色（様子）は変わってしまった」と言うこの歌もあるのです。

なぜ《花の色》が変わってしまったのかと言うと、「長雨」が降ったからですね。和歌の中に「降《ふ》る長雨《ながめ》せし間《ま》に」とあります。昔は「長雨」を「ながめ」と読みました。でもそうなると分からないというのは、「降る長雨」の前に《わが身世に》の言葉があります。「我が身世に降る長雨せし間に」というとなんだか分かりません。「私が世の中に降る長雨をやっていた間に」というようなとんでもないことにもなってしまいます。だから、《わが身世にふるながめせしまに》は、「我が身世に降る長雨せし間に」ではないのです。これは「我が身世に経《ふ》る、眺《なが》めせし間に」なのです。

「世に経る」は「世の中で時間を過ごす」で、「この世に生きる」です。「眺め」は、「見渡せる景色」という意味の他に、「物思いにふけって長時間なにかを見ている」という意味がありますから、この歌の意味は第一に「私がぼんやりと物思いにふけっている間に桜の花の様子も変わってしまった」です。ずいぶん長い「物思い」です。桜の花が色褪《いろあ》せて寂しい感じになるまで物思いにふけっていたというのですから、一日とか数時間という単位ではありません。何日もぼんやりとしていたんでしょうが、その間なにを考えていたんでしょうか?

小野小町は、何日もなにをぼんやりと考えていたのでしょう? 「なんにもいいことないわ」とか、「また太ったみたい」とか、「老けたわ」とか、「まだ生理が来ないけど妊娠したのかしら」というようなことを考えていたのかな、なんてことを考えてもみますが、でもそういうことを考えてもしょうがありません。「眺めせし間に」は、同時に「長雨せし間に」でもあるのですから。

「眺め」と「長雨」の二つの意味を無理矢理総合してみると、「小野小町は、長雨の間、物思いにふけっていた」ということになります。「また雨だ、いやだなァ」と思ってぼんやりしていて、外を見ることもなかった——だから「雨が止《や》んだ後で外を見たら、桜の様子も変わっていた」になるのかもしれませんが、果してそれは正解でしょうか？ こういうのを「合理的説明」と言うのですが、「合理的な説明」が正解かどうかは分かりません。それに近いようなことを言っているのかもしれませんが、実のところ、小野小町がなにを言っているのかはよく分からないのです。

小野小町は「無駄な長生き（いたづらに世に経る）」をしていたのかもしれなくて、その人生の様子は「ずっと雨続きの天気」みたいだったのかもしれません。「いたづらに我が身世に経る、長雨せし間に」と読んでしまうと、そういうことにもなりかねません。でも、「そういう意味ですよね？」と言って、古典の先生にほめられることはないでしょう。「だって、そう書いてあるでしょう」と言ってもほめられはしませんね。そうは読めるかもしれないけれど、べつに小野小町はそんなことを言っていないからです。じゃ、この和歌で小野小町はなにを言っているのでしょう？　その答は、「なにかを言ってはいるが、なにを言っているのかはよく分からない」です。

和歌というものは、そもそも「論理的になにかを説明するもの」ではないのです。「和歌でなにかを説明する」というのはもちろん可能ですが、小野小町はなにも説明していないのです。「花の色は変わった。私はぼんやりとしていた。雨も降った」と、この三つのことを言っていて、「この三つの間になにかの因果関係がある」なんてことを一言も言ってはいないのです。だから、「小野小町はなにかを言っているのかもしれないが、なにを言っているのかはよく分からない」になるのです。その原因がどこにあるのかと言えば、それはもちろん、どっちとも意味が取れる二つの言葉——《ふる》と《ながめ》を、どっちとも取れるような形で、小野小町が使っているからです。

人になにかを説明する時、どちらとも意味の取れる言葉をわざと使って説明したら怒られます。でも、最も日本的な「和歌」というものは、「人になにかを説明するもの」ではないので、「どちらとも意味の取れる言葉」を使ってもいいのです。「使ってもいい」どころではなくて、一つの言葉に二つ以上の違う意味を載っけて使ってしまうことは「掛け詞《ことば》」と言って、和歌を詠む上での当たり前の表現テクニックになっているのです。よく考えてみれば分かりますが、掛け詞という表現テクニックは、「論理的なつながりなんか問題にしない」という恐ろしい表現方法なのです。

《花の色はうつりにけりな》と言っているのですから、「花の色」は変わってしまったのです。申し遅れてすいませんが、平安時代でただ「花」と言ったら、これは「桜の花」のことで、奈良時代に「花」と言ったら「梅の花」で、人民中国で「花」と言ったら「綿花」なんだそうです。人は勝手に物に意味を与えてしまうので、平安時代に桜は、「花である」ということを独占してしまっています。

その「花」の色（様子）がいつの間にか変わっています。《うつりにけりな》の《けり》は、「知らない間にそうなっていた」というニュアンスを表す助動詞です。「知らないでいたんだから、ぼんやりしていたんだろうな」とは思えます。だから《いたづらにわが身世にふるながめせしまに》と続くと、「やっぱりぼんやりしてたんだな」ということは分かりますが、そう思ってこの歌を見返すと、なんだかへんです。言うべきことをちゃんと言わずに、なんだか分かりにくい言い方をしているように思います。「どうせこっちは古典が苦手なんだからさ——」と思ってふと見ると、《ながめせしまに》で雨が降っています。この歌は「花の様子を見ている私の歌」のように見えて、まさにそういう歌なのですが、気がつくと、そういう「私」とは関係なく、雨が降っているのです。

英語なら「雨が降る」の主語は「It」です。「私＝I」が主語であるような文章の中にいつの間にか違う主語が入り込んでいるなんてことはありません。でも、小野小町の歌では「I have been raining（私はずっと雨をしていた）」というメチャクチャなことになっているのです。もちろん、日本語ならそれでいいのです。小野小町のこの歌だって、べつに「私が桜を見ている歌」ではないのですから。

《花の色はうつりにけりな》と言っている人がいます。《けりな》と言っているんですから、この人は桜の木を見ていないのかもしれません。この人は《いたづらにわが身世にふるながめせし》と言っているのですから、ぼんやりしていたのでしょう。しかし、「桜の花の様子は変わってしまったんだ」と言ってぼんやりしていたこの人は、「変わってしまった桜の花」を見ているのか、見ていないのか？　見ないのか、見なかったのか？　《ながめ》なんだから見てはいたんでしょうが、それ以上のことは分かりません。そんなことははっきり書いてないのです。でもこの人は、最低、心の中で咲いている桜の花を見ています。この人が心の中で、あるいはそれまで見ないでいた外の桜の方に顔を向けた時、桜の木は雨に濡れて、満開だった花の様子も寂しくなっているのです。この歌はだから、「桜を見ている私」の歌ではなくて、「私に見られている満開の後の桜」の歌なのです。

「桜」でもあるし、「私」でもある

『古今和歌集』では、この歌の二つ前に《駒なめていざ見にゆかむふるさとは雪とのみこそ花はちるらめ》という歌があります。《なめて》は「並べて」で、「馬を並べてみんなで見に行こう、懐かしいあの場所じゃ雪のように花が散っているはずだから」という意味の、元気のいい「Let's go!」です。でもその歌の次には、《ちる花をなにかうらみむ世の中にわが身もともにあらむものかは》という歌が続きます。「散って行く桜を恨んでもしょうがない、私だっていつまでも無事というわけではないんだから」という暗い歌です。小野小町の歌はその後に続くのです。

散る桜を見て自分の運命を考えている人の後に《花の色は――》という歌が続くと、雨に濡れた庭に咲く桜の花が目に浮かびませんか？　それを見ている人はいるのだけれど、でもまず目に浮かんで来るのは「桜」です。これはそういう「桜の歌」なのです。『古今和歌集』の中に収められた時、小野小町の歌は、明らかに「桜を詠んだ歌」になります。でも、小倉百人一首の中にこの歌があるのを見た時は、きっと違って見えます。小野小町は「絶世の美人」と言われた人で、その人が《花の色は――》と歌い出しているのを見ると、「この花の色とは、小野小町の美しさなんだな」と思えてしまいます。

そう思えてしまうのだから仕方がありません。和歌というものは「そう思えてしまうようなもの」でもいいのです。

七　春はどうして「曙」なのか？

句読点の位置だけで意味が変わる

何回も何回も句読点の話ばかりをして申し訳ありませんが、また句読点の話です。現在の活字化された古典のテキストにはみんな句読点が付いていますから、「昔は句読点がなかった」なんてことを言っても意味がありません。でもしかし、活字化された古典のテキストが全部同じというわけではありません。微妙なところでいろいろに違います。

たとえば、有名な『枕草子』の冒題ですが、あるテキストではこうなっています――。

《春は、あけぼの。やうやうしろくなりゆく山ぎは、すこしあかりて、むらさきだちたる雲の、ほそくたなびきたる。》（A）

でも、別のテキストではこうです——。

《春はあけぼの。やうやうしろくなりゆく、山ぎはすこしあかりて、むらさきだちたる雲のほそくたなびきたる。》（Ｂ）

しかし、こういうテキストだってあります——。

《春はあけぼの。やうやうしろくなりゆく山ぎはすこしあかりて、むらさきだちたる雲のほそくたなびきたる。》（Ｃ）

本当のことを言えば、各テキストで漢字の使い方がそれぞれ違って、《あけぼの》が「曙」になったり、《しろく》が「白く」、《むらさきだちたる》が「紫だちたる」になっているという差もあるのですが、漢字を極力減らして句読点の違いだけが分かるようにして例として挙げました。三つとも似たようなもんですが、そんなことを言わずにそれぞれのテキストを読み比べて下さい。どうでしょう？　ＡＢＣのどれが一番読みやすいですか？　もしかしたらそれは、Aのテキストではありませんか？

分かりにくいのが古典の文章です。それを読む時にはどうしても、「えーと、えーと……」で、ちょっとずつ休み休み読んで行くことになります。読点（、）というのは、その「休み休み」を実現するための息つぎのブレス記号で、三つのテキストの中で一番読点が多いのがAで、次がB、そしてCの順です。だから、一番読点の多いAが読みやすいかなと思うのです。

しかし、そう思ってAを読み直すと、ちょっと引っかかるところが生まれます。《ややうやうしろくなりゆく山ぎは、》のところです。どうしてかと言うと、Aのテキストを読んで行くと、どうしても「春は、あけぼの。やうやうしろくなりゆく、山ぎは、すこしあかりて、」と読みたくなってしまうからです。全体として読点が多いのに、《やうやうしろくなりゆく山ぎは》のところには息休めの読点がありません。その点で、《やうやうしろくなりゆく、山ぎはすこしあかりて》とあるBのテキストの方が読みやすいかもしれません。「ほんとにどうでもいいことばかり問題にしているな」と思われるかもしれませんが、AとBとではなにがどう違うのでしょう?

Aのテキストでだんだん白くなって行く（やうやうしろくなりゆく）のは、「山の上の空（山ぎは）」です。「山際《ぎわ》（山ぎは）」というと「山の端《はし》＝山の輪郭線の部分」と思われるかもしれませんが、それは「山の端《は》」で、「山際」は「山の輪郭線と接する空の部分＝山際の空＝山のすぐ上の空」なのです。「山のは」と「山ぎは」とでは、一字違いで指すものが違います。

それが古典の言葉だからしょうがないのですが、Aのテキストの示す意味は、「山際の空がだんだん白くなって行って、少し明るくなって、紫色がかった雲が細くたなびいている」です。

ところが、Bのテキストだとちょっと違います。読点の位置が変わったBのテキストは、《やうやうしろくなりゆく、山ぎはすこしあかりて》で、「だんだん白くなって行く」のは「山際の空」ではないからです。ここでの《山ぎは》は「少し明るくなる」だけで、《やうやうしろくなりゆく》ものがなんなのかは分かりません。

普通に考えれば、「夜空全体がだんだん白んで行って、山のすぐ上の空が少し明るくなり、紫色がかった雲が細くたなびいている」ということではないのかと思われますが、Bのテキストの句読点をためしにこう入れ替えてみましょう——。

春はあけぼの、やうやうしろくなりゆく。山ぎはすこしあかりて、むらさきだちたる雲のほそくたなびきたる。

最初の句点（。）と《やうやうしろくなりゆく》の後の読点とを入れ替えただけですが、こうすると、「春は曙で、曙の空はだんだん白んで行く。山のすぐ上の空には太陽の光が近づいて少し明るくなり、気がつけば紫色がかった雲が細くたなびいている」という風にも読めて、夜空がゆっくりと明るくなって行く「曙」の時間経過も感じられるんじゃないかと、私なんかは思います。でもだからと言って私には、「これが正解だ」と言う気はありません。

私が言いたいのは、「句読点の位置が変わるだけで意味が変わることがある」ということと、「そもそも昔の日本語の文章には句読点がなかった」ということです。《やうやうしろくなりゆく》のは「山際の空」なのか、それとも「曙の頃の空」なのか、その正解を握っているのは作者の清少納言だけですが、清少納言はただ《春はあけぼのやうやうしろくなりゆく山ぎはあかりてむらさきだちたる雲のほそくたなびきたる》と書いているだけなので、正解を握っているのかどうかは分かりません。それは、読む人の解釈次第なのです。別の言い方をすれば、「清少納言はなんだか分からない書き方をしているのだから、そのまんま読むしかない」になります。小野小町の和歌もそうでした。清少納言の文章も同じです。そう考えた時、一番読みやすいテキストはCです。《春はあけぼの》と言った後で、記述は「明るくなって行く空の記述」と「紫色がかった雲の記述」の二つに分かれます。だからその間に読点が一つあれば、それでOKなのです。

読点がCのテキストのようになると、「だんだん白んで行く山際の空が少し明るくなる」と読めるだけで、なんの問題も生まれません。だからCのテキストでいいんです。句読点のない元の文章に一番近いテキストもこれですから。

現代の文章とは違う古典の文章は、決して読みやすくありません。古典の言葉は今の言葉と違っているので、そこら辺を分かりやすくしようとすると、句読点が多めになったりもします。でも、元々が現代の言葉と違っていて、「よく分からない」という部分が多々ある古典の文章は、そう簡単に分かりやすくなんかはならないのです。

たとえば、《やうやうしろくなりゆく》の《しろく》を、私はもっぱら「白く」ということにしていますが、しかしこれは「顕《しろ》く」なのだという説もあります。「だんだんはっきりして行く」というのが「顕くなりゆく」です。《すこしあかりて》も、私は「明《あか》りて」と解釈していますが、これを《赤りて》と考える説もあります。「だんだん白くなって、少し赤くなって、雲は紫色」と考えて、「清少納言は色彩感覚がすぐれているのでこう書いた」という解釈です。「白く」か「顕く」か、「明りて」か「赤りて」か、どっちが正解かは分からないはずです。清少納言は《しろく》と書き《あかりて》と書いているだけなのですから。

それを言うなら、たいがいの国語の教科書に載っているこの『枕草子』の冒題は、実のところよく分からない文章なのです。

清少納言は、ただ《春はあけぼの》と言っているだけです。普通はこれを、「春は曙がいい」とか、「春は曙に限る」という風に理解するのですが、でも清少納言はただ《春はあけぼの》と言うだけです。「春が曙なのはいいが、だからなんだって言うんだ?」と考えると、その後に《夏はよる。》というのが続きます。「夏は夜」で、「満月の頃はもちろん、月のない闇夜でもやっぱり。蛍が多く飛んでいる。たった一つ二つなんかがぼんやりと光って行くのも素敵。雨なんかが降るのも素敵(月のころはさらなり。やみもなほ。ほたるのおほくとびちがひたる。また、ただ一つ二つなどほのかにうちひかりてゆくも、をかし。雨などふるも、をかし)」という文章で、ここに《をかし(素敵)》という言葉が登場するので、やっと「〝夏は夜がいい〟ということなんだろうな」と想像が出来て、その後に《秋は夕ぐれ。》《冬はつとめて(早朝)。》で始まる文章が続くから、『枕草子』の第一段は「春は曙、夏は夜、秋は夕暮れ、冬は早朝がそれぞれよい」ということを言う段なのだなと、想像がつきます。これが当たり前の理解です。でも、それが本当に正しいんだろうかという疑問も、私にはあるのです。

本当に「春は曙がいい」なの?

「物は付け」という言葉遊びがあります。「〜するものは？」というお題を出して、それに対して気のきいた答を付けるのです。江戸時代にはやった昔の山の手線ゲームみたいなものですが、その元祖は清少納言の『枕草子』です。「物は付け」だから、《春は》というお題を出しておいて、《あけぼの》と付ける（続ける）のです。『枕草子』は「物は付け」だらけで、「山は」とか「海は」「馬は」「牛は」「猫は」といった段がいくつもあって、「そういう単純なものだけじゃつまらない」と思ったのか、「言うことは同じでも聞いた感じが違うもの（おなじことなれども、きき耳ことなるもの）」というようなお題を作って、「僧侶が言うのと、男が言うのと、女が言うのでは違うし、身分の低い人間は必ず余分なことを言う」という答を付けたりします。そういういろんな「物は付け」が満載の『枕草子』ですが、そこにはある原則があります。それは「一段にお題は一つ」という原則です。

《春はあけぼの》で始まる第一段の次の第二段は、《ころは、正月三月四月五月七八九月十一二月》という段です。清少納言は、二月と六月と十月以外なら好きで、《すべてをりにつけつつ一年《ひととせ》ながらをかし（要するにその時その時で一年中が素敵）》と言っています。第二段は、まず「頃は――」という「物は付け」をしておいて、その後に自分が好きな季節のことをそれぞれに「ここが素敵」と語って行きます――「正月は、一日が特別で、七日にはこういう行事がある」という具合に続けるのです。これは、《ころは、正月三月四月――》と言ってしまったことへの説明ですから、「二月」に関する記事はありません（そして、どういうわけだか「四月」までの記述しかありません）。「一段にお題は一つ」という原則があるから、「まず総論があって、各論が続く」という書き方になるのです。

『枕草子』全体で「物は付け」の段はそういう構成になっているのに、第一段だけは違います。《春は》《夏は》《秋は》《冬は》で、お題が四つあります。どうして第一段だけはお題が四つもあるのだろう？――私はそれを考えるのです。「もしかしたらこれは、〝春は曙がいい、夏は夜がいい〟というように続く文章ではないんじゃないか？」と。

たとえば、第一段の初めに「一年の四つの季節を、一日の時間にたとえるなら？」というお題があったらどうだろうと考えるのです。そう考えると、「春という季節は、一日の曙の頃にたとえるのがふさわしい」という答が出るではありませんか。時間順で行けば、「夏は真昼」だけど、それは暑くていやだから、「夏は夜だ」ということにもなります。「一日の内で秋に一番ふさわしい時間は？」の答は「夕暮れ」で、冬のそれは「早朝」です。

どこにもそんなことは書いてありません。でも、清少納言はそう考えたかもしれない。だから《春は》《夏は》《秋は》《冬は》と四つのお題が並んでいても、そちらの「物は付け」ではなくて、本当のお題は「一年の時の一日は（一年の時を一日にすると）」というようなものなのかもしれないのです。

私は「そう考えるとすっきりするな」と思うだけで、その解釈が正解だとは思いません。でも、そう考えるとそうなのです。《春はあけぼの》と始まる文章を読むと、「春は曙がいい」ではなくて、「春という季節は、一日で言うと曙の頃がふさわしいな」と思えてしまって、これを間違いだとも思えないのです。句読点のない古典は、読みにくくはあっても「こういう風に考えることも出来るな」という自由なものでもあるということです。

八　分からないものを読んでもよく分からない

そこに「鶴」はいない

一番最初に言ったように、私には「日本の古典はおもしろくて楽しいから読んでみましょう」などという気がありません。古典というのは、読めるようになって読めば「おもしろい！」ということも感じ取れますが、そうなるまでが大変です。なにしろ、古典の文章は現代の口語文とは質が違う文章だからです。

「分からなかったら辞書を引け」という言い方がありますが、古典の場合はこれがまず第一の難関です。どうしてかと言うと、かなや漢字が入り混って続いている古典の文章は、まずどこが分からないのかが分からないので、辞書の引きようがないのです。どんな文章でもいいのですが、たとえばこれは『徒然草《つれづれぐさ》』の第七段です――。

《あだし野の露消ゆる時なく、鳥辺山《とりべやま》の煙《けぶり》立ち去らでのみ住みはつる習ひならば、いかに物のあはれもなからむ。世は定めなきこそ、いみじけれ。》

そんなにむずかしい文章ではないようにも見えますが、だからといって、「これを読んで訳してみなさい」と言われると困ったことになります。高校一年生になったつもりで、ちょっと訳してみましょう。こんな風になるはずです――。

「えっと、あだし野の露は消える時がなくて、鳥辺山の煙は立ち去らなくて、えーと、ノミが住んでるんじゃなくて、住みは？　のみ住みは？　つるが習って――、ああ、分かりません」

この人は《あだし野の露》や《鳥辺山の煙》がどういう意味を持つものかを、まったく理解してはいません。でも、そうであっても《鳥辺山の煙立ち》くらいまでは、書いてあることが分かるのです。でも、その後になると大変です。読むことだけでも苦労して、すぐにお手上げです。どうしてかと言うと、現代ではあまり「煙が立つ」というような言い方をしないからです。言うんだったら、「煙が出る」とか「煙が立ち上る」と言います。でも、「煙は立ち上るんだから、鳥辺山の煙も〝立つ〟でそう間違ってはいないんだろうな」と思います。でもそこからが大変です。

立ったはずの煙が、いきなり《立ち去らで》です。煙で「立つ」の後に続くのは「上る」なんだろうなと思っていたのに、いきなり「立ち去らない（立ち去らで）」です。「いきなり〝立ち去らない〟って、不審な侵入者やストーカーじゃあるまいし」と思いますが、その後に続くのが《のみ》です。「なんだかもうつながり方が分からないぞ」と思って、古語辞典で《のみ》を引きます。

古語辞典で《のみ》を引くと、「上の語句を限定し、強調する。〜だけ、〜ばかり」なんてことが書いてあります。困ったことに、古語辞典というのはいくら親切に説明してくれていても、その説明がむずかしくて、「なんのことだ？」と思ってしまいかねないところがいくらでもあります。

《のみ》が「〜だけ」という意味だと、「鳥辺山の煙は立ち去らないでだけ」ということになります。へんな日本語で、なんのことやらよく分かりません。改めて「〝上の語句を限定し、強調する〟ってなんだ?」と思います。「もしかしたら、言葉の切り方を間違えて、間違った辞書の引き方をしたのじゃないか?」なんてことを考えたりします。

なにしろ、古典の言葉は今の言葉と違います。だから《鳥辺山の煙/立ち去らで/のみ》と考えたのは間違いで、《鳥辺山の煙/立ち去ら/でのみ》なのか、なんてことを思ったりします。「デノミ」という言葉が現代にはありますから。

でも、古語辞典に「でのみ」という項目はありません。「じゃ違うんだ」と思って、「鳥辺山の煙は立ち去らないでだけで――」と次へ進もうとすると、《住みはつる》で、もう分かりません。「住んでいるのは鶴なのか?」と、とんでもないことを考えてしまいますが、ここに漢字を宛てると、ちょっとだけ分かりやすくなります。《住み果つる習ひ》で、鶴はどこかにいなくなりますが、今度は「〝住み果つる〟ってなんだ?」です。

「住み果つる」で古語辞典を引きます。でも「住み果つる」という項目はなくて、代わりに「住み果つ」という項目があります。運が良ければ、そこに「用例」としてこの『徒然草』の第七段が載っていますから、あなたは「間違いなくこれだ」ということが分かるはずですが、どうして「住み果つる」はなくて「住み果つ」なのかを考えてみましょう。

古典には動詞や助動詞の「活用」がある

「住み果つる」というのは、「住み果つ」という動詞の連体形です。この言葉が《習ひ》という名詞（体言《たいげん》）に続くから、動詞が活用して連体形（体言に続く形）になるのです。

現代語では動詞の活用とか助動詞の活用なんてことをほとんど考えませんが、古典の文章ではこれが重要です――ということは、昔の人は動詞や助動詞の活用を厳密に考えていたけれど、今じゃそんなことをあまり考えず、自然に使っているということです。

「慣れているから自然に使える」だけではなくて、「動詞や助動詞の活用をあまり厳密にしなくなったから、楽に自然にしていられる」でもあります。形容詞や形容動詞という、現代ではほとんど「活用する」なんてことが忘れられているものだって、古典の文章の中ではちゃんと活用します。

「活用」の例で一番有名なのは「係り結び」です。古典には「係《かか》り助詞」というものが存在していて、文章の中に「ぞ」「なむ」「や」「か」という係助詞が登場すると、その後に来る動詞、助動詞、形容詞、形容動詞は連体形になる。その係助詞が「こそ」だったら、それに対応する活用は已然形《いぜんけい》になるというルールです。引用した文章の最後にはその《こそ》があります。

《世は定めなきこそ、いみじけれ》で、《いみじけれ》は、「いみじ」という形容詞の已然形です。だから、「〝いみじけれ〟ってなんだ？」と思って辞書を引いても、その項目はありません。あるのは「いみじ」だけです。

私がなにを言いたいのかというと、「分からなかったら辞書を引け」と言われても、古典の場合はそう簡単じゃないということです。英語なら「This is a pen.」で、単語と単語の間がちょっと離れています。だから、「a」という単語が存在するのだということも分かります。でも、漢字を使わずひらがなだけでだらだらと続く文章を長い間書いて来た日本人の古典の文章は、どれが一語か分からないから、辞書を引く時に迷ってしまいます。おまけに、「活用」という現代ではたいして意味を持たないものがちゃんと意味を持って存在しているので、その区別をしなければならないという面倒なところがあります。

古典がよく分からないのは、それだけの理由ではありません。古典というのは、私達の使い慣れない言葉でよく分からないことを言っているから、よく分からないのです。「なにが書いてあるのかよく分からない文章」を読んでも、よく分かりません。そういうハードルが一つあるのです。

「分かりやすい文章」は「よく分かる文章」ではない

兼好法師の書いた『徒然草』は「分かりやすい古典」の一つです。入試問題によく出たりもします。もうずっと以前のことですが、私が清少納言の『枕草子』を『桃尻語訳枕草子』と題して現代語訳をしたことがあります。これをNHKのテレビがおもしろがって『マンガで読む枕草子』という番組を作って放送しました。評判がよかったらしくて、『枕草子』が終わった後は別の古典を題材にして『マンガで読む――』のシリーズを続けていました。私は『枕草子』にしか関係していませんが、その内にNHKのプロデューサーがやって来て、「『徒然草』を取り上げてくれという視聴者の要望があるから、

『徒然草』の現代語訳をやってくれませんか」と言われました。私の答は「いいですけど、『徒然草』ってつまんないですよ」でした。

でも番組サイドは、「入試に出るからやってほしいという要望があるので――」でした。それで私は、番組のためにテキスト作りを始めたんですが、何回分かを渡した後でプロデューサーがまたやって来て、「なんでつまらないんですか?」と言いました。私の答は、「つまんないよって、初めに言ったでしょ」です。

『枕草子』は、清少納言という女性が好き勝手なことを書いたエッセイです。だから、「へーっ、昔の女がこんなことを――」と思うからおもしろいのです。でも、兼好法師の書いた『徒然草』は、「無常観の文学」だったりもします。うらぶれた中年男が、なにか説教じみたことを言っているようなものですから、そんなにおもしろくないのです。「おもしろい」と思う人がいても、そのおもしろさは、清少納言の書いたもののおもしろさとは大きく違うのです。『徒然草』が入試問題としてよく出題されるのだとしたら、それは『徒然草』が「分かりやすい文章」で書かれた古典だからです。

ひらがなばっかりの和文脈と言われる古典と、漢字ばっかりの漢文と、二種類の文章が別々にあって、それが平安時代の終わり頃から混じり合って「和漢混淆文《わかんこんこう》」というものが出来上がります。今に続く日本語の文章スタイルの原型みたいなもので、『徒然草』はその完成形のように言われています。確かに、それ以前の時代の文章と比べると、『徒然草』の文章は分かりやすいものになっています。でも、その内容が読んですぐに分かるかどうかは、別です。引用した部分の内容を考えてみましょう。

《あだし野》というのは、京都にある地名ですが、昔はここら辺に貧しい人が死んだ人を捨てて行きました。「墓地」というよりも、「死体放置地」です。《鳥辺山》は「鳥辺野」とも言われて、死体を火葬する場所です。公営の火葬場というのがない時代、お金のある人は薪代《まき》を払って「鳥辺野」で火葬にしてもらう。ない人は《あだし野に》運んで行って投げ捨てるということになっていました。

《あだし野の露》というのは、「消えて行く人の命」のことで、《鳥辺山の煙》は人を火葬にする煙です。「水による露」と「火による煙」という対照表現になっています。どちらも「はかなく消えて行くもの」なのですが、それが《消ゆる時なく》で《立ち去らで》というのは、「はかないはずのものがはかなくなかったらどうなるんだ?」ということを言っているのです。

「あだし野の露も消えず、鳥辺山の煙も消えて行くことがないままに生き続けるのだったら、〝物のあはれ〟もないだろう。世の中はなにが起こるか分からないのがいいのだ」というのが、この文章の意味です。前に言った《住みはつる》は、「この世の終わりまで、自分の人生の終わりまで生き通す」という意味で、《住みはつる習ひならば》ということになると、「人が死ぬということがないのが人間界のあり方だったら」という意味を作り出します。つまり、「人が死ななかったらつまらない」ということです。《いみじ》というのは、「すごい」「極端だ」というところから出て、「素晴しい」「すごく嬉しい」という意味に使われます。つまりは「人は死ぬから素晴しい」ですね。別に過激派の思想ではなくて、「世の中は固定されていない(定めなき)から素晴しい」です。これは、「はかないな、人の命だっていつかは終わるものな」と思ってしまう人間が、「いや、そうじゃないんだ。人はいつか死ぬ。そのことから、世の中には陰翳《いんえい》も生まれて〝定めなし〟になって、奥深くなるんだ」と、投げやりになりそうな自分を励ましている文章なんですね。「分かりやすい文章」で書かれていても、その中身は別に分かりやすくなんかないのです。

「とてもそんな風に思えない」「なにひねくれたことを書いてんだ」と言われても、これが『徒然草』だからしょうがないんです。

「草の露」とか「野の煙」という、すぐに消えてしまうようなものを出して、「これが消えなかったら」と否定形の仮定で引っ繰り返してるんですから、分かりにくいです。「分かりやすい文章だから、まずこれを読みましょう」はいいですが、でも、「分かりにくい内容の文章」は、やっぱり分かりにくいのです。それで私は、「どうしてそんなことをさせるのかな?」と思います。

めんどくさい古典の文章には、まず「馴《な》れる」ということが必要です。そのためには「なにが書いてあるのかが分かる古典を読む」ということをした方がいいんじゃないかと思います。「そんなものがあるんですか?」と言われればあります。次回で紹介しましょう。

九　亀の恩返し

『浦島太郎』を読んでみましょう

「誰でも知っている古典」というと、『源氏物語』とか『枕草子』『徒然草《つれづれぐさ》』『平家物語』というところでしょうか。もっといっぱいあるでしょうが、でもそれは「名前は知っている」程度の知り方かもしれません。

『源氏物語』の書き出しが《いづれの御時《おほむ》にか》で、『枕草子』の書き出しは《春はあけぼの》、『徒然草』は《つれづれなるままに日くらし硯《すずり》にむかひて》で始まり、『平家物語』は《祇園精舎《ぎをんしやうじや》の鐘の声》で始まるということを知っていて、「知っているから読めるかな」と思って読み出したとしても、そう簡単にはいきません。「書き出しは知っていてもその先は知らないよ」という内容が、現代の言葉とは違う言葉で書かれているので、すぐに頭がジンジンして、「やーめた」になってしまう（ことが多い）のです。

語学の勉強で一番大切なのは、「慣れる」ということです。古典の文章も日本語の文章ではありますけれど、もはや「違う言葉」になっています。だから、古典を読めるようになるためには、まず慣れることが必要です。でも、「なにが書いてあるのかが分からない文章」だと、読むことだけに苦労して、一生懸命読んでもあまり「慣れる」にはなりません。それで、「なにが書かれているのかが分かる古典」を読む必要が生まれるのです。「そんなものがあるのか?」と言われれば、あります。たとえば、これです――。

《むかしたんごの国にうらしまといふものはべりしに、その子にうらしま太郎と申て、としのよはひ二十四五のをのこ有けり。あけくれうみのうろくずをとりてちゝはゝをやしなひけるが、有日《あるひ》のつれ〳〵につりをせんとて出《いで》にけり。うら〳〵しま〴〵入江〳〵いたらぬ所もなく、つりをしかいをひろひ、みるめをかりなどしける所に、ゑしまがいそといふ所にて、かめをひとつつり上《あげ》ける。》

ひらがなばかりの読みにくい文章ですが、読めますよね。なにが書いてあるのかが分かるような気がするから、よく分からない言葉があっても平気で読めて、「知らない言葉」だけが浮き上がって来ます。《うろくず》は「鱗《うろくず》」で魚のこと、《みるめ》は「海《み》松布《るめ》」と書く食用の海藻のことで、《ゑしまがいそ》というのは「えしまが磯《いそ》」という海岸ですが、そんなことを言われなくても、この文章がなんなのかは分かるでしょう。『浦島太郎』です。「なにが書かれているのか分かるようなものを読む」というのは、こういうことなのです。

室町時代にはいくつもの物語が生み出されていましたが、そういうものの中から二十三篇《ぺん》が江戸時代の初めにセレクトされて、「御《お》伽《とぎ》文庫」という名でセット販売がされました。「御伽文庫」は「御伽草子」とも言われますが、『浦島太郎』はその中の一篇（一冊）で、れっきとした「室町時代の古典文学」なのです。

「室町時代の文学」と言われてもあまりピンと来ないかもしれませんが、鎌倉時代になって「武士の時代」と言われるようになっても、文化の方はまだ京都が中心で、平安時代以来の流れは続いていました。だから、鎌倉時代になっても室町時代になっても「平安時代風の物語」を書く人は当たり前にいて、「御伽草子」の『浦島太郎』も、そういう貴族文化の伝統を引く「室町時代の文学作品」なのです。

というわけで、『浦島太郎』です。これを読んで古典の文章に慣れようというのですが、そんなことを言うと、「『浦島太郎』なんか読んでもおもしろくない、退屈だ」なんてことを言う人も出て来るでしょう。

教科書に載っている文章は、たいてい退屈です。英語の教科書に載っている英語の文章を考えれば分かりますが、あれは「英語をマスターするための文章」ですから、おもしろくある必要はないのです。だから、古典に慣れるために分かりやすい『浦島太郎』を読んだって、おもしろくなんかないだろうと思う人だって出て来るでしょう。しかし残念ながら、室町時代の『浦島太郎』は、あなたの知っているような『浦島太郎』ではないのです。

引用した部分を見て下さい。浦島太郎は《かめをひとつつり上げける（亀を一つ釣り上げける）》なんです。ここには「亀をいじめる子供」なんか出て来ません。ついでに言えば、室町時代の『浦島太郎』に乙姫《おとひめ》様は出て来ません。竜宮城には行きますが、それは「海の底にあるパラダイス」ではなく、タイやヒラメが舞い踊ったりもしません。「乙姫様が出て来なくて海の底にも行かない『浦島太郎』ってどんな話なんだ？」と思われるかもしれませんが、室町時代の『浦島太郎』は、実のところ「亀の恩返し」なんです。漁に出て亀を釣り上げた浦島太郎は、その亀にこう言います――。

《汝《なんぢ》、生有《しやう》もの丶中にも鶴は千年、亀は万年とて、命久しきものなり。たちまちこ丶に命をた丶ん事いたはしければ、助くるなり。常には此《この》恩を思ひいだすべし。》

本当はもっとひらがなだらけの文章なのですが、そんな意地悪をしても仕方がないので、読みやすいように少し漢字を宛てました。説明をしなくても、それだけで文章の意味は分かりますよね？　浦島太郎は助けた亀に「亀のお前は万年も生きる長生きだから、ここで殺すのは可哀想《かわいそう》だ。助けてやるから恩を忘れるな（常には此恩を思ひいだすべし）」と言っているのです。

古い挿絵を見ると、浦島太郎が釣り上げたのは二十センチくらいの小さなカメで、浦島太郎を乗せて竜宮城へ行けるような亀ではありません。しかも、この後を読むと、「恩を忘れるな」と言っていながら、浦島太郎は恩返しのようなことを期待しているわけでもありません。釣った亀を見て「長寿の生き物だから逃がしてやろう」と思っただけです。「情け深い」と言えば情け深いのですが、でも「恩を忘れるな」と言っているのだから、そうそう百%いい人でもありません。室町時代の『浦島太郎』で重要なのは、彼がなにを考えているのかよく分からない「フツーの人」だということです。

亀を助けてやった次の日、浦島太郎はまた漁に出ます。すると一艘《そう》の小舟が沖を漂っていて、きれいな女の人が一人でその舟に乗っています。舟は岸に流されて来て、「なんで一人で舟に乗ってるんですか?」と聞くと、「ちゃんとした船に乗って、ある場所へ行こうとしてたんですが、途中で嵐になって大勢の乗客が海に落とされたから、親切な乗組員が私をこの小舟に乗せて逃がしてくれたのです」と、その女の人は言います。

嵐の海に女の人を一人で小舟に乗せて放っぽり出すのが親切かどうかは分かりませんが、そうして浦島太郎のいる海辺へ辿《たど》り着いた女の人は、「ここで会えたのは前世から

の縁です」と言います――《鬼の島へや行かんと行方《ゆきかた》知らぬ折ふし、たゞ今人に逢《あ》ひ参らせ候《さふら》ふ。此世ならぬ御縁にてこそ候へ。》

《こそ候へ》と係り結びで強調していますが、《此世ならぬ御縁》というのは「前世からの縁」です。「年齢《よわい》二十四五歳」の浦島太郎は、なにを考えているのかよく分からない印象の薄い若者ですが、漂流の美女はすべてに積極的です。「鬼が島へ流されて行くのかと思った」と、小舟の上での不安を語った女の人は、「ここであなたと会ったのは」というピンポイントではなく、「ここで人と会ったのは」というアバウトな広げ方をして、「前世から決まっていたことでしょう」とガッチリ太郎を捕えてしまいます。更には《されば虎狼《とらおほかめ》も、人を縁とこそし候へ》と、なんだかよく分からないことを言って、さめざめと泣きます。

「アバウトにしておいてしかしピンポイント」というのは、今でもまだ有効な「気になる男の落とし方」ですから、浦島太郎はもうその女の人の言いなりです。ちゃんとした船に乗ってどこかへ行くはずだった女の人は、その予定を変えて「自分を本国（家のあるところ）にまで送ってほしい」と浦島太郎に言うのです――《これに棄《す》てられ参らせ

ば、わらははいづくへ何となりさふらふべき。棄て給ひ候はゞ、海上《かいしやう》にてのもの思ひも同じ事に候はめ》

「このままにされたら、私はどうなって諸国を放浪するのか分からない。海をさすらっていた時と同じだ」と言って泣きますから、浦島太郎も「哀れ」と思い、女の舟に乗って漕《こ》ぎ始めます。

浦島太郎は女の人の指示に従って、十日間舟を漕ぎます。着いたところは、銀を固めた塀に黄金の瓦を並べた門があるという《ことばにも及ばれず、中〳〵申もをろかなり》という、とんでもなくゴージャスなところです。そういうところなんですから、まずは「ここはこういうところです」という説明が女の人からあってしかるべきなんですが、女の人の言うことは違います。

《一樹《いちじゆ》の蔭《かげ》に宿り、一河《か》の流れを汲《く》むことも、みなこれ他生《たしやう》の縁ぞかし。ましてやはるかの波路をはる〳〵と送らせ給《たま》ふ事、ひとへに他生の縁なれば、何かは苦しかるべき。わらはと夫婦《ふうふ》のちぎりをもなし給ひて、同じ所に明し暮し候はんや》と言うのです。

これはあなたの知る『浦島太郎』ではない

ここでもまた「前世からの縁」で、「同じ樹の根元に宿り、同じ河の水を汲むのは他生の縁」というのは仏教系の決まり文句のようなものですが、《他生》は本当は《多生》で、何度でも生まれ変わる仏教の輪廻《りんね》転生の考え方を前提にしています。「よそで生まれる」も「何度でも生まれる」も同じようなもので、《他生の縁》は《此世ならぬ御縁》と同じ「前世の縁」です。自分から「送ってくれ」と言っておいて、着くとすぐ「これも前世からの縁だから、結婚して（夫婦のちぎりをもなし給ひて）ここに住んで下さい」と言うのもすごいですが、それを言うのは貴族社会の端につながるような《美しき女房》で、（まだ門の外しか見てませんが）「ここ」はとんでもなく豪華な邸《やしき》です。だから浦島太郎は面倒なことを言わず、《ともかくも仰《おほ》せに従ふべし》と承諾してしまうのです。「草食系男子」というのは、昔からいるものなんです。

浦島太郎がやって来たところは《竜宮城と申所《まうす》》ですが、海の底ではありません。浦島太郎はこの世ならぬ贅沢《ぜいたく》なところで三年を過ごして、《われに三十日の暇《いとま》をたび候へかし。》と言います。「両親になにも言わず舟に乗ってから三年もたつから、一度家に帰りたい」ですね。女は《今別れなば、またいつの世にか逢ひ参らせ候はんや。》と泣いていやがりますが、その後で《自《みづか》らはこの竜宮城の亀にて候が、ゑしまが磯《いそ》にて、御身《おんみ》に命を助けられ参らせて候。そのご恩報《ほう》じ申さんとて、かく夫婦とはなり参らして候》と正体を明かすのです。

亀だけれど美人だったし、住んでる所も贅沢だったけれども、浦島太郎は「妻がほしい、貧しい漁師生活はいやだ」と言っていた人ではありません。亀を助ける時に《常には此恩を思ひいだすべし》と言っただけで、それ以上のことはなにも言っていません。亀のしたことは「恩返し」ではあるのですが、竜宮城に浦島太郎を連れて来る亀は、「恩返しをしている」というより、「助けられたことでポーッとなって、浦島太郎に恋をしてしまった」という状態に近いのです。「亀の恩返し」というよりも、「恋する亀の一途《いちず》さ」みたいなものですが、どっちにしろ話は『浦島太郎』なので、「三年振りに故郷へ帰りたい」という太郎に、《あひかまへてこの箱をあけさせ給ふな》と言って、亀は《いつくしき箱》を渡します。《いつくし》は「厳《おごそ》か」というニュアンスの入った「美しい」で、つまりは「亀は玉手箱を渡した」です。

そうして浦島太郎は故郷に帰りますが、そこは荒れ果てて知る人もない場所になってしまっています。「三年」だと思っていたけれど、実は七百年がたっていたというお馴《な》染《じ》みの展開で、浦島太郎は亀の渡した《いつくしき箱》を開けてしまいます。当然中からは煙が出て来るのですが、これがただの「白い煙」ではなく、めでたい《紫の雲》だったりします。そうして浦島太郎はどうなるのか？　ジジイになったのか？　実は、そんなものを通り越して、二十四、五歳の浦島太郎は鶴になってしまうのです。

「なんで？」と思うあなたは、初めの方で浦島太郎が言ったことを忘れているのです。《鶴は千年、亀は万年とて、命久しきものなり。》と言っています。長寿のシンボルとされる鶴と亀は、めでたさの象徴としてよくカップルで絵にされます。「ツルカメ、ツルカメ」は不吉なことを解消するために唱える言葉で、浦島太郎の恩を忘れず、太郎さんを激しく愛してしまった亀は、太郎さんを鶴に変えて、めでたくツルカメと暮したのです。あなたの知っている『浦島太郎』とは違うでしょ？

十　古典を読んだ方がいい理由

ハッピィエンドの『浦島太郎』

「御伽草子《おとぎ》」の『浦島太郎』は、「亀の恩返し」と言うよりも、どちらかと言うと「亀はしつこい」かもしれませんが、話の落ち着いた先は、「浦島太郎はめでたく長寿を得ました」です。江戸時代の初めになってまとめられて出版された「御伽草子」は、その頃には「めでたいもの」で、「めでたいものだから、婦女子はこれを正月に読むのがいい」ということになっていたのだそうです。

その後になってから、『浦島太郎』は私達の知っているようなものに変わって定着します。竜宮城で乙姫《おとひめ》様と楽しい時間を過ごしていた浦島太郎は、故郷に帰って辺りの様子が自分の知っているものとは違っているのを不思議がって、乙姫様から「開けてはいけませんよ」と念を押されて渡された玉手箱を開けてしまいます。すると白い煙が中から出て、浦島太郎はあっと言う間に「おじいさん」です。「おじいさん」になってそれっきりで、白髪になって白い髭《ひげ》を生やした浦島太郎がびっくりして尻餅を突いているところで、絵本なんかは終わりです。「めでたい話か?」と言われても、あまりそんな風には感じません。逆に、「苦い教訓」のようなものを感じてしまいます。

白髪のじいさんになるだけの『浦島太郎』を読んで感じるのは、まず「この人は他人の忠告に耳を傾けないだめな人だな」ということです。乙姫さんは、ちゃんと「開けるな」と言っているのです。その忠告を守っていれば、浦島太郎は白髪のじいさんにならなくてすんでいたんじゃないかと思えます。浦島太郎は「人の忠告を聞かないだめな人」で、子供の時にこんな話を聞いてしまうと、「あなたもそうでしょう? 気をつけないと危いですよ」と言われているような気になってしまいます。どう危いのかと言うと、「あっと言う間におじいさん」です。そしてよく考えると、もっと恐ろしい教訓がじんわりと浮かび上がって来ます。それは、「楽しいからっていい気になっていると、すぐに年寄りになって人生は終わっちゃう」です。イソップ童話の『アリとキリギリス』に似通ったところもありますが、小学校に入ったくらいの子供に『浦島太郎』の話を読んで聞かせると、「遊んでばっかりいると、すぐに年寄りになって人生終わっちゃうんだから、勉強しろ！」という脅しをかけることにもなってしまいます。

たとえ「悪い子供にいじめられていた亀を助けた」といういい事をしても、その後で竜宮城へ行ってチャラチャラしているようではだめなのです。おまけに浦島太郎は「開けるな」と言って渡された玉手箱を開けてしまうダメ人間です。そういう『浦島太郎』には、めでたいところなんかありません。最後になって「人生はいろいろと危いことが多いから気をつけるように」という、苦い教訓話になってしまいます。どうして『浦島太郎』がそういうものになってしまったのかと言うと、「御伽草子」という形になって多くの人が『浦島太郎』を読むようになった江戸時代が平和になって、しかも社会保障制度がないので、「みんなちゃんと生きなきゃだめだぞ」という雰囲気が広がってしまった結果でしょう。

亀の気持も考えて上げよう

実は浦島太郎の話はとても古いもので、奈良時代に出来た『日本書紀』『万葉集』『風土記』といった書物にちゃんと載っています。それぞれの話は細かいところで少しずつ違いますが、大筋は「御伽草子」のそれと同じで、「丹後の国の実在人物が漁に出て亀を釣ったら、その亀が美女になったので夫婦になったけれども、しばらくして浦島太郎――古くは《浦島子《うらしまのこ》》――が故郷に帰り、〝開けるな〟と言われた玉手箱を開けたら、もう白髪のおじいさん」です。それだけで、「浦島太郎は鶴になりました」というオチはありません。

古くからある浦島伝説は、「浦島子の奇妙な体験」です。話が最も詳しい『風土記』の丹後の国篇《へん》の記述では、浦島子は「美麗のイケメン」です。だから、彼に釣り上げられた亀は美女になって、自分の住む蓬萊山《ほうらい》という永遠の国へ連れて行こうとします。蓬萊山は人類憧れの地なので浦島子も「行きたい」とは思いますが、イケメンでも浦島子は凡人なので、その先は亀がイニシアチブを取るしかありません。亀に連れられて蓬萊山へ行って、後は「御伽草子」と同じです。

というわけで、「御伽草子」に至るまで、浦島伝説は、男の浦島の視点で語られるよりも、浦島太郎に恋をして女に化けた亀の視点で語られるものなのです。「御伽草子」

は、そこに「助けられた亀の恩返し」という要素を付け加えますが、古い浦島伝説はもっとストレートに「亀が浦島に惚《ほ》れた」で、「亀の化けた美女に惚れられた浦島子の奇妙な体験話」です。だからそこには、亀であったり乙姫様であったりする女性が玉手箱を渡す時、「決して開けないで下さい」と言う理由がちゃんと書かれています。

『風土記』の美女亀は、《君、終《つひ》に賤妾《やつこ》を遺《わす》れずして、眷《かへりみ》尋《たづ》ねむとならば、堅《かた》く匣《くしげ》を握《と》りて、慎《ゆめ》な開き見たまひそ》と言います。《匣》は玉手箱で、「私のことを忘れずにいて、また戻って来たかったら、絶対に箱を開けないで下さい」です。イケメンに惚れて美女に化けなければならなかった弱味からかどうか知りませんが、この亀は美女になった時から「賤《いや》しい妾《わたし》」と言って自分のことを卑下しています。だから、そう思って読むとこの『風土記』の文章からは、亀の必死さが伝わって来るでしょう。

「御伽草子」の亀もそうですが、「ちょっと故郷に帰る」と言う浦島と、亀は別れたくないのです。だから、「御伽草子」の亀は《今別れなば、またいつの世にか逢《あ》ひ参らせ候《さうら》はんや。》と泣きますが、『風土記』の亀は「また逢える可能性」を信じているので《慎な開き見たまひそ（決して開けないで下さい）》とだけ言うのです。その理由は後になれば分かることですが、玉手箱を開ければ、浦島子は若さを失ってしまうのです。「御伽草子」の方には、「そうなる理由」を、《そも〳〵此浦島が年《とし》を、亀がはからひとして、箱の中にたゝみ入にけり。さてこそ七百年の齢《よはひ》を保ちける。》と書いてあります。亀のいた竜宮城や蓬萊山の人は、現実の時間軸とは違うところにいて、時間を止めて生きています。だから、浦島の時間も玉手箱の中に入れて動かないようにしていた――その蓋が開けられたら、止まっていた時間が動き出してもうおしまい、ということです。時間が動き出して何百歳にもなった浦島が、もう一度竜宮城や蓬萊山に戻るのは体力的に無理なのか、それともやっぱり、ヨボヨボの老人になってしまった浦島じゃ亀もいやなのかは分かりませんが、亀が「玉手箱を開けるな」と言う理由だけは分かります。

「御伽草子」の段階まで、『浦島太郎』は「美女に惚れられた男の話」で「漁師に惚れた美女の話」ですが、その後になるといつの間にか、「乙姫さん側の事情」がなくなってしまいます。「ウチの亀を助けてくれてありがとう、ゆっくりしていって下さい」だけで、乙姫様の方には浦島太郎に執着する恋愛感情がないのです。だから話は単純になって、「竜宮城でただ遊んでいただけの浦島太郎の話」となり、「そういうことしてると時間はあっと言う間に過ぎ去ってしまうんだ」という教訓話になってしまうのです。

遊廓《ゆうかく》というものが存在していても、江戸時代は「自分勝手な恋愛なんかすべきじゃない、真面目《まじめ》に働いてなきゃいけない」というモラルが根本のところで支配していて、その後も日本は長い間同じだったから、『浦島太郎』は「遊んでばっかりいると困ったことになるよ」という教訓性の方が強くなってしまったんだろうと、私は思っています。

「御伽草子」の『浦島太郎』に教訓がないわけではありません。でもそれは、「情《なさけ》（思いやる心）のある人じゃなければいけないよ」というもので、「チャラチャラ遊んでると取り返しのつかないことになるよ」ではありません。

「御伽草子」の『浦島太郎』には、「亀に惚れられた浦島太郎」と「浦島太郎に惚れた亀」の両方の立場が書かれています。だから最後の方では、「開けるな」と言われたものを開けてしまった浦島太郎の「責任」も、亀の側から追及されます。

浦島太郎を愛していた亀は、「浦島太郎の時間」を、玉手箱の中に封じ込めていました。だから、本当は《七百年》たっていたにもかかわらず、浦島太郎は年を取らなかったのですが、でもその玉手箱の中の「時間」は、浦島太郎のものなのです。だから、その彼が「帰る」というのなら、亀は「浦島太郎の時間」を返さなければなりません。返すのはいいけれど、それを開けられたら中から「時間」が溢《あふ》れて、浦島太郎はヨボヨボのジーさんになるし、「亀と過ごした幸福な時間」も無意味になってしまいます。だから亀は「開けないでよ」と言って、玉手箱を浦島太郎に渡すのです。「なんでそんな危険なものを渡して、〝開けるな〟などという挑発的な言葉を添えるのだ」などと言ってもしょうがありません。亀はただ、自分のするべきことをしただけなのです。そういうことを言って、ここから『浦島太郎』は不思議な展開をします。

玉手箱を開けた浦島太郎は、もう鶴になって空を飛んでいるのですが、「御伽草子」ではその後にこういう文章が続きます——。

《生有物《しやうある》、いづれも情《なさけ》を知らぬといふことなし。いはんや人間の身として恩を見て恩を知らぬは、木石《ぼくせき》にたとへたり。》

「鳥も獣も、動物はみんな情というものを知っているのだから、人間の身として恩を知らずにいるのは、感情のない木や石とおんなじだ」ということです。「木石ならぬ身」というのは、「人間らしい感情や欲望を持っている」ということで、古典にはよく登場する表現ですが、浦島太郎が玉手箱を開けてしまうと、そういう表現が登場するラブストーリーになってしまうのです。

「恩知らずはいけないよ」の前には、こんな和歌だって登場します——。

《君にあふ夜は浦島が玉手箱あけてくやしきわがなみだかな》

「あなたに逢う夜は浦島太郎の玉手箱とおんなじで、(夜が)明けると悔しくて涙がこぼれてしまう」です。昔の恋愛は、夜になると男が恋人のところにやって来て、夜が明ける前に帰って行くというものでしたから、「もっと一緒にいたい」と思う恋人達は《あけてくやしき》になって、こんな和歌を詠んでいたんだと、「御伽草子」は言うわけですが、「夜が明けるのと玉手箱を開けるのは違うじゃないか」なんて風に思いますか? でも、そんなことを言っても無駄ですね。この歌を引用することによって、『浦島太郎』の作者は、間接的に「亀は泣いているよ」と訴えているのです。だから「恩知らずはいけないよ」がこの後に続いて、《人には情《なさけ》あれ、情の有人《ある》は行末めで度由申《たきよし》し伝《つたへ》たり。》のハッピィエンドになってしまうのです。

さて、ここでもしかしたら、「浦島太郎は玉手箱を開けてしまったんだから、彼は恩知らずで情知らずの人なんじゃないんですか？」という疑問なんか持ちませんか？　そうなんです、もう鶴になっている浦島太郎は、亀の言うことを無視して玉手箱を開けているのですから、「恩知らず」で「情知らず」なんです。でも「御伽草子」の作者は、そんなクレームに耳を傾けません。鶴になった浦島太郎は、その先で神様になってしまうのです。

《其のち浦島太郎は丹後の国に浦島明神と顕《あらは》れ、衆生済度《しゆじやうさいど》し給へり。亀も同じ所に神と顕れ夫婦の明神となり給ふ。めでたかりけるためしなり。》で終わりです。「夫婦揃《そろ》って神様になった」だから、文句の付けようのないハッピィエンドです。だから、初めに言ったように、「婦女子はこれを正月に読むのがいい」です。どうしてかと言うと、『浦島太郎』には、「情があって恩を知る男と出会うと幸福な結婚が出来るよ」と書いてあるからです。

「エー⁈　浦島太郎はそんな人じゃないでしょう」と言っても無駄です。彼は鶴になって神様になっちゃったんですから。それ以前の浦島伝説が「年を取った浦島」で終わってしまう悲劇物語だったのに、こちらはもう、「なんと言っても、めでたし、めでたし」なのです。「この強引なまでの展開はなんだ？」と考えて思いつくのが、「御伽草子」という形で江戸時代の初めに結集してしまう物語を生んだ、室町時代の特性です。

性格の悪い一寸法師

「室町時代」と言われても、あまりピンと来ません。その後半は「戦国時代」と呼ばれるようになって、そうなるとまだなんとなく分かるのですが、その前のただの「室町時代」だと、「武士が貴族化した時代」というくらいのイメージしかありませんが、実は「鶴になっちゃう浦島太郎」を生む室町時代は、「型にはまった真面目な考え方をしなくてもいい、自由な時代」なのです。「御伽草子」には有名な『一寸法師』も収録されていますが、この一寸法師もメチャクチャで、とても自由です。どうしてかと言うと、彼は平気で性格が悪いからです。

都に出て来て《三条の宰相殿《さいしょう》》のお邸《やしき》で働くようになった一寸法師は、背が小さいまま十六歳になります。お邸には十三歳の姫君がいて、一寸法師は「なんとかして彼女を自分の妻にしてしまおう」と考えるのです。姫君が寝ているのを見た一寸法師は、袋に入れて持っていた自分の米粒を姫君の口の周りにばらまいて、空になった袋を宰相殿に見せます。そして、「私のものを姫君が取って食べちゃったんです」と訴えます。寝ている姫君の口の周りは米だらけなので、それを見た宰相殿は怒って、「こんな娘を都に置いておくわけにはいかない。どこにでも捨ててこい」と一寸法師に言います。一寸法師は「しめしめ」と思って、姫君を連れて邸を出て行くのです。

今のお伽話の『一寸法師』だと、一寸法師は邸の外へ見物に行く姫君のお供をして出掛け、そこで鬼に会って打出《うちで》の小槌《こづち》を手に入れるのですが、鬼と出会って打出の小槌を手に入れた一寸法師が大きくなるところは同じでも、「邸の外へ出掛けるまでの経過」はまったく違うのです。

姫君のお父さんの宰相殿は、一寸法師に「娘を捨ててこい」と言って、その後で「言いすぎたかな?」と少し反省をするのですが、姫君のお母さんは継母だったので、「いいじゃないの」と言って止めたりなんかしません。「御伽草子」ばかりではなくて、室町時代から江戸時代の初めに出来た物語は、どれもこれも容赦がないほどスピーディに話が進んで、「こんなんでいいの?」というところへ行ってしまいます。

打出の小槌のおかげで大きくなれた一寸法師は、なんの不都合もなく姫君を自分の妻にして都へ戻り、一寸法師の噂《うわさ》を聞いた帝《みかど》のお呼びを受けます。一寸法師をご覧になった帝は、「生まれのよさそうないい顔をしている」と言って、身許《みもと》を調べさせます。すると、ただの「子供のないおじいさんとおばあさん」だった一寸法師の両親は、どちらも「元はちゃんとした都の貴族」だったということが分かって、一寸法師も立派な都の貴族になってしまうのです。一寸法師はやりたい放題ですが、誰にも咎《とが》められず、「めでたし、めでたし」で終わります。こんな自由な話はその後の日本にまずありませんが、室町時代にはあるのです。

室町時代には、まだ王朝文化の名残りはあります。でもこの時代は武士の時代で、王朝貴族の時代ではありません。文化の枠組はガタガタになって、でもそれがまだ残っていて、長く平和だった平安時代とは違い、各地でいろいろな戦闘が起こった後の時代です。なにしろ、鎌倉幕府が滅んで南北朝時代になるという、争乱の時代の後が室町時代なのです。人々はそれを知っています。戦国時代になれば「下剋上《げこくじょう》」という言葉も生まれてしまいます。だから、そこに生きている人間もあまり秩序に押し潰されず、自由に生きていて、「鶴になっちゃう浦島太郎」や「お姫様を騙《だま》しても平気な一寸法師」というものが生まれてしまうのです。

その室町時代の物語が江戸時代の初めに印刷されて本になり、人に読まれるようになると、「こういう男と結婚すると幸せになるよ」とか「幸福な結婚てこういうもんだよ」になってしまいます。

江戸時代の初め頃の人は、「めでたいからこれでいいんだ」と思って、あまりそのメチャクチャさを問題にはしませんでしたが、いつの間にかそのメチャクチャさははやらなくなって、「チャラチャラしてるとすぐにジーさんだよ」という話にもなってしまいました。でも、室町時代の人は違います。それがメチャクチャかどうかなんてことを、まず考えないのです。自由にやりたい放題で、「こういうものはこういうものだから、こういうもんだよ」のまんまです。

「どうして古典を読むのですか？」の答の一つがここにあります。古典の中には、今の考え方とはまったく違う考え方をしているものが、いくらでもあるからです。

「ちゃんと勉強しなきゃいけない」精神で出来上がっていると思っていた『浦島太郎』が、実は「いいじゃん、そんなの」と平気で言ってしまう楽天的な物語で、「恋する亀があれこれ活躍する物語」だと知ってしまうと、「そんな考え方があったのか?!」と思ってショックです。むずかしい顔をしていても、古典というものは「そんな考え方があるの？」と教えてくれるようなものなのです。だから「読んでみましょう」と私は言うのです。

十一　今とは違うこと

輪廻《りんね》転生《てんせい》思想の平安時代

『源氏物語』の葵《あおい》の巻にはこういう一節があります――。

《なに事もいとかうなおぼし入れそ。さりともけしうはおはせじ。いかなりともかならず逢《あ》ふ瀬《せ》あなれば、対面はありなむ。おとゞ、宮なども、ふかき契《ちぎ》りあるなかはめぐりても絶えざなれば、あひ見るほどありなむとおぼせ》

これだけを読まされてもなんのことやらと思うでしょう。これは、光源氏の正妻である葵の上が出産の時に物《もの》の怪《け》に苦しめられ、それを光源氏が力づけているところです。光源氏には葵の上の他に六条の御息所《みやすどころ》という愛人がいますが、この人は光源氏の愛する女に嫉妬して、生き霊となって取《と》り憑《つ》いたり殺したりするという、厄介な人です。六条の御息所には葵の上と争って辱《はずかし》められたという経緯もあるので、葵の上の出産を好機として生き霊になって祟《たた》りに来ます。

当時的に、出産時の苦痛は物の怪のしわざと考えられていましたから、出産には僧侶が呼ばれて、物の怪を追《お》い祓《はら》う祈《き》禱《とう》をします。取り憑いている物の怪は「悪霊退散！」と言われて苦しがるのですが、それは「葵の上に取り憑いたままで生き霊が苦しんでいる」ということになるので、見ただけでは、生き霊が苦しんでいるのか、葵の上が苦しんでいるのかが、よく分からないのです。

当時は女性のお産に夫が立ち合うなどということはありませんでしたが、祈禱で苦しがっている葵の上が、「少しお祈りをゆるめて下さい。源氏の君にお話したいことがあるのです」と泣きながら言うので、周りの人間も「いよいよご最期なのか」と思って、葵の上のそばに光源氏を呼びます。光源氏は、衰弱して涙を流すばかりの葵の上の手を取って、励ますように《なに事もいとかうなおぼし入れそ。》以下のことを言うのです。

初めの部分は「なんでもそんなに思いつめられますな。そんなに容態は悪くないのですから」ということで、当たり前の励まし方ですが、その後がちょっと不思議で、だから分かりにくくなります。

《いかなりともかならず逢ふ瀬あなれば、対面はありなむ。》というのは、「どうなっても必ず逢う機会はあるそうだから、逢えるでしょう」です。この場合の《いかなりとも（どうなっても）》は、「たとえ死んでも」で、逢える相手は光源氏です。つまり、物の怪を追い祓う祈禱に苦しめられて死にそうになっている妻を慰めるために、光源氏は「死んでもまた逢えますよ」と言っているのです。

平安時代の仏教信仰の中核には、輪廻転生《りんねてんせい》の思想があります。「人は死んで、しかしまた生まれ変わる」と考えられていて、この時代にはまだ「人は死ぬと極楽に行って仏様になる」と思われてはいませんでした。せいぜい「極楽浄土に生まれ変わる」でした。もちろん、すべての人間が極楽浄土に生まれ変われるわけもないので、この時代の金持ち貴族は豪華な寺を建て、「どうぞ極楽浄土に生まれ変わりますように」とお祈りをしていました。それが平安時代の「浄土信仰」と呼ばれるものです。

「極楽浄土に生まれ変わる」というのは宝くじに当たるみたいなことなので、普通の人は「死んでもまたこの人間世界に別の形で生まれ変われる」という中くらいの思い込みの中で生きていました。平安時代でももう少し後になると、「悪いことをしたら地獄へ行く」という考え方も出て来ますが、『源氏物語』が書かれた頃には、「いいことをして極楽へ行けることを願う」というプラス思考ばかりで、「悪いことをして死ぬと地獄行き」というマイナス方面の思考はあまりありませんでした。だから光源氏も、「死んだらまた別の形で人間世界に生まれ変わる」という考え方を前提にして、「死んでもまた逢えますよ」と言うのです。

もちろん、そういう信仰はあるけれども、誰もがこの信仰を知っているわけではありません。それで、瀕死《ひんし》の葵の上の様子を見た光源氏は、「この人は〝もう誰とも逢えなくなる〟と思っているのだな」と察して、「そんなことはありませんよ」と言って教えてから、その後に《おとゞ、宮なども》と続けて言うのです。

《おとゞ（大臣《おとど》）》というのは、葵の上の父親の左大臣で、《宮》というのは葵の上のお母さんです。彼女は、光源氏の父親である桐壺《きりつぼ》帝の姉妹なので、民間人である左大臣と結婚しても、まだ《宮》と呼ばれています。

光源氏の言うところは、「左大臣や宮なんかも、〝深い関係にある人とは、転生の後でも無関係にはならない〟というそうですから、再会もあるだろうとお思いなさい」です。「きっとそうなんだろうな」とは思うのですが、微妙に引っかかるのは、《おとゞ、宮なども、ふかき契りあるなかは》というところです。

《おとゞ》と《宮》は葵の上の両親なんですから、《ふかき契りあるなかは（深い関係のある人とは）》なんていうめんどくさいことを言わずに、ただ「おとゞ、宮なども、あひ見るほどありなむ（再会の機会はあるでしょう）」でいいじゃないかと思うのです。

「契る」というのは「約束をする」ということで、男女の関係を持つことも「契る」と言います。ただの「付き合ってる」じゃ「契る」にはならないとは思いますが、「契る」というのは普通、「誰かと契る」です。ところがしかし、「契る」にはもう一つ、「誰ともしない契り」があります。それがこの《ふかき契り》で、これは「前世からの約束」のことです。誰かと誰かがそのように決めたわけでもないけれど、前世から決まっている――つまりは「宿命」というもので、それがここで光源氏の言う《契り》です。「葵の上と左大臣、宮の親子は、前世からの深い絆《きずな》で結ばれているから、死んで転生してもまた会える」なんですね。

「前世からの深い絆で結ばれている」というのがどういうことかと言うと、「だから、葵の上と左大臣、宮は、親子になった」ということです。「本来は他人のこの二人が、前世でなんらかの深い関係にあったから、葵の上が生まれて来たこの現世で、三人は親子になった」ということです。「前世での深い関係」がどんなものかは分かりませんが、「前世でも三人は親子だった」ということではありません。どうしてかと言うと、当時の人が「夫婦は二世《にせ》、親子は一世」という考え方をしていたからです。江戸時代になると、ここにもう一つ「主従《しゅうじゅう》は三世」という考え方も加わります。

「親子はこの世限りの関係だが、夫婦は来世になってもまた夫婦になる――それくらい強い関係だ」と思われていたので、昔は結婚の約束をすることを「二世の契り」とも言いました。江戸時代になって封建道徳が強くなると、「主君と家来の関係は夫婦以上」ということになって、「主従は三世」になっちゃいます。

「夫婦は二世」という考え方があったので、光源氏は葵の上に「死んでもまた会えますから、お嘆きになるな」という慰め方をするのですが、親子の関係は「二世」ではなくて、「この世限り」ですからそうはいきません。だから《ふかき契りあるなかは》という曖昧な説明をわざわざ付け加えるのです。それを言って、死んで孤独の中に入って行こうとする——その孤独がつらいと思っているだろう葵の上を、慰めるのです。

「あなたと左大臣と宮は、前世でなんらかの絆で結ばれていた。だからこそ、この現世であなたがたは親子という関係を持つことになった。そういう深い関係なのだから、関係はこの現世で終わりとは思わずに、来世でもまたなんらかの関係を持てるとお考えなさい」と、光源氏は言っているのです。「なんてややこしい慰め方だ」と思っても、当時の考え方がそうだから、当時の人である光源氏はこのような慰め方をするのです。光源氏は「当時随一のインテリ」という設定になっているので、だからこそここまで言っていいいいいいいいて上げることが出来た、になるのでしょう。

平安時代の親子関係

実のところ、葵の上と光源氏の仲はよくありません。冷えきった夫婦関係が続いていたからこそ、そこを取り繕うためにも、死にそうな葵の上に向かって、光源氏は「また逢えますよ――やり直せますよ」と言っているのですが、ここで私が言いたいのはそんなことではなくて、「平安時代の親子関係は不思議だ」ということです。

どう不思議かはもう言いました。輪廻転生という思想がある中で、「あなた達は親子なんだから、来世でもまた会えるはずですよ」とは言わずに、《ふかき契りあるなかはめぐりても絶えざなれば、あひ見るほどありなむとおぼせ》などという持って回ったことを言わなければならないところです。

なんでそうなるのか？　それは親子関係が希薄なものだからです。「親達二人の間に子が生まれて来た」――当時の人にとって、親子関係はそういうものなのです。だから子供を可愛《かわい》がらないとか、子供には冷淡だということではありません。夫と妻は「子供を作る行為」――つまり「契る」をするけれども、そうして生まれて来てしまった子供は、親との間で「親子になる関係を持つ＝契る」ということをしないのです。子供と親の関係は、「生まれて来てしまった段階でもう親子」なんですから、わざわざ「親子になる関係」を持つ必要がない。苦労して、あるいは心を尽して「親子になる」ということをしないで自然まかせだから、「親子は一世」ということになってしまうのでしょう。

だからと言って、平安時代には児童虐待が多かったというわけではありません。逆に、子供は丁寧に育てられるものでした。

平安時代では、ある程度以上の身分の人に子供が生まれると、乳母が雇われます。当時は母乳しかありませんから、乳母はまず「母乳を与える女性」です。母親の母乳の出がよかろうと悪かろうと、ある程度以上の身分の人なら、みんな乳母を雇って、その乳母は子供の離乳後もずっとそばにいます。乳母というのは、母親の代理として子供を育てる使用人で、母親は直接育児にタッチしません。そのように、生まれた子供との間は疎遠なのです。

平安時代というのは、実はとても他人行儀な時代です。話は貴族社会に限ったことではありますが、乳母に養育される子供は、親の家の中で親とは別に暮しています。子供がお母さんに会うとなると「対面なさる」です。家は大体お母さんのもので、お父さんは「外からやって来る」のが普通ですから、父親がやって来ればまた「対面なさる」です。夫婦だからと言って必ず同居をしているわけではありません。女は自分の邸《やしき》にこもって外に出ることもあまりないから、その夫となった男は外に浮気相手を作り放題です。

だから、光源氏には六条の御息所やその他の愛人がいるのです。そして、本妻である葵の上の邸へやって来て、「対面」をなさるのです。だから、《いかなりともかならず逢ふ瀬あなれば、対面はありなむ》と言います。光源氏と葵の上の関係が「対面」をするのは、二人の間がよそよそしいからというのではなくて、夫婦というものが「対面をするもの」だからです。

平安時代の「逢う」と「見る」

少し余分なことを言いますと、死にそうな葵の上を慰める光源氏の言葉には、微妙なところがあります。というのは、彼が短い中で《逢ふ瀬》と《対面》という似た言葉を使い分けているからです。

《逢ふ瀬》というのは、恋する男と女が二人きりになって会うことで、二人でセックスをすることです。「逢ふ」でも「会ふ」でも、昔の「あう」には「セックスをする」というニュアンスが含まれていて、男と女の間で「見る」という言葉が使われたら、これはもうストレートに「セックスをする」です。

どうしてそうなるのかというと、昔のある程度以上の身分の女の人は、あまり外出をしないだけでなく、外からの視線を避けるために、自分の住む部屋と外との境に簾《すだれ》を掛けていました。この簾の中に入れる男は、夫となった人と父親だけです。男兄弟でも直接に顔を合わせることはなく、「彼女と付き合いたい」と思う男が「お話だけでもちょっと――」と言って来たとしても、簾の内側に外から見えないように几帳《きちょう》を立てて、外の男と「お話」をするのです。それが普通で、「会う」とか「顔を見る」ということになったら、そういう障害がナシなんですから、もうすべてがOKで、セックスをしちゃうわけです。

「まぐわう」とか「まぐわい」という言葉があります。『古事記』の時代にある言葉です。あまり大きな声では言えない、ストレートに「セックスする」とか「セックス」という意味ですが、これに漢字を当てると「目合《まぐわ》う」「目合《まぐわい》」になります。本来は、「視線が合う」「視線がからみ合う」という意味なんですが、その昔はあんまり女の人が外を歩いていませんでした。女の人が男に顔を見せるということがほとんどないから、うっかり視線なんかが合っちゃったりすると大変なことになって、それで「視線が合う＝セックスする」になっちゃったんですね。

《逢ふ》という言葉には、そういう濃厚なニュアンスがありますが、《対面》にそれはありません。簾や几帳で相手の姿が見えなくても、その向こうに相手がいれば、それで《対面》は成立します。そこのところを光源氏は当然承知して、《逢ふ瀬》と《対面》を使い分けているのです。

死にそうな自分の妻に「死んでもがっかりしなさるな、その先もありますよ」と励ますのなら、《対面はありなむ》抜きの「いかなりともかならず逢ふ瀬ありなむ」だけでいいのです。でも、葵の上とあまりうまく行っていなかった光源氏は、「男と女として二人で過ごす機会もあるだろうから、対面の機会はありますよ」と言うのです。それはつまり、「また二人で恋愛関係になることはあるだろうから、なにかの物越しにお話しする機会もありますよ」で、「結婚するかどうかは分かりませんけどね」だったりもするのです。

男女の仲は、そういう微妙さがある男と女がなんとかしなければ成り立たなくて続かないものです。そういう人為の努力が大きいからこそ、「この世での縁が深くなって来世までまだ続く」という考え方も生まれたんだろうと思います。「主従は三世」も、「関係を成り立たせるのはもっと努力がいる」のはずですが、でもやっぱり私がここで問題にしたいのは、男女の恋愛ではなくて「親子」の方です。

我々が「親子関係ってなんだ?」と考える時、「現代の親子関係」を考えます。でも平安時代の人は、「自分達の親子関係」を考えるに当たって、「どうして親子になったのか?」と、その前を考えてしまうのです。そうして、「前世でなんか関係があったから親子になったんだな」という答を出します。つまりは、「前世じゃ親子ではなくて他人だったんだ」ということを前提にするのです。

親子関係というと、どうしても「ベタベタしたものになりがち」だったりして、「現代でもそうだから、無自覚な昔はもっとベタベタだったんだろう」などと思ってしまいますが、昔の親子関係は、「前世では他人」が前提なのですから、不思議なほどクールで、それが当たり前です。「そういうこともあったのか?」ということを知るのもまた、「古典を読む」だったりするわけです。

十二　意外に今と同じこと

昔の武士は腰に生首をぶら下げていた

古典は昔に書かれたものですから、今とは違う考え方が当たり前に出て来ます。だから、室町時代の浦島太郎は「おじいさん」を通り越して、「鶴」になってしまいます。平安時代では、親子関係を「前世の縁でたまたま親子になっている、此世限定のもの」というクールな考え方をしてしまいます。「だからなんだ?」というわけではなくて、「そういう考え方をしていたこともあるんだ」と知ることは、豊かな発想を得るうえで大切なことです。

この本の最初で言いましたが、「古典」というのは「古い時代に書かれた立派な本」という意味を持つもので、「人生のお手本となるような、生きるための指針が書いてある深いもの」でした。昔はそのように考えられていたので、「古典の教えを忠実に守る」

とか「古典を暗記する」ということが重視されていたのですが、今となってははやりません。「カメに惚《ほ》れられるイケメンだと、ジーさんにはならず鶴になる」を「人生のお手本」にしたって仕方がありません。だから、そういう扱いようのない古典は、だいたい「ないこと」にされてしまうのです。

「ふざけた古典はない」ということになると、古典はみんな「立派な古典」になって、「古典をちゃんと学べばいい」ということになってしまいます。でも、昔と今とではかなり時代の様相が違っているので、古典を読んでもそのままでは参考になりません。

たとえば、昔の軍記文学には《よき首ござんなれ》という表現が当たり前に出て来て、自分のことを《よき首ぞ》なんて言ったりする人もいます。《よき首ござんなれ》は、「いい首がやって来た」「いい首がそこにある」という意味ですが、「いい首」というのは、「その首を取って戦闘を指揮する大将のところへ持って行けばご褒美をもらえるようないい首」ですね。もらえるのは土地です。「いい首」の持ち主は領地を持っているので、その人を倒すとその土地が大将の手に入ります。それを「ご褒美」として分けてもらえるのです。軍記文学が成立した鎌倉時代に、合戦というのは土地のぶん取り合戦で、自分のところの領地を大きくしたかったら大将の率いる戦闘に従事して、「いい首」を集めるしかなかったんですね。だから、その時代の武士は、鎧《よろい》の腰に平気で切り落とした敵の生首をぶら下げています。みんな髷《まげ》を結ってますから、その髪の毛をほどけば、腰に結びつけることは出来るわけです。昔の武士は「首刈り族」だったわけですね。

賞品がもらえるから、「確かにこの人を倒しました」ということを証明する証拠が必要なのです。テレビもネットもない昔は、源義経《よしつね》だって頼朝《よりとも》だって、「有名だけどその顔を見たことはない」という人ばっかりですから、その顔を知ってる人が、切られた首を見て「正《まさ》しくその人です」という証言をします。「首実検《くびじっけん》」と言うのですが、いくら立派な古典に書かれていても、そんなものは「人生のお手本」になんかはなりません。

現代と同じように平和ではあっても、江戸時代の武士はみんな刀を差して歩いていました。実際にそういうことが起こらなくても、「いざ戦闘が起こったら――」という前提に立って生きているのが武士ですから、刀を携帯しています。そういう武士達ですから、幕末になると人と激しい議論をして、自分達とは反対の意見の人を平気で殺しちゃったりもします。そういう人達にとってなら《よき首ござんなれ》の古典は人生の教科書になるかもしれませんが、現代ではとても無理です。時代状況はそのように変わります。

平安時代の終わり頃――院政の時代になった後半は「合戦の時代」です。だからその後の時代に『平家物語』に代表されるような軍記物語も生まれるのですが、そうなる前は平和な時代で、地方に争乱があったとしても、都は平和でした。死刑という習慣がなくなって、死刑にされた人間の首が切られて懲《こ》らしめのために道端にさらされるという制度――「獄門《ごくもん》にかける」と言いましたが、これもなくなりました。でも、葬式をする費用のない人は平気で死体を道端に捨てて行ったりもしましたから、死体は平気で地面に転がっていました。でも、「こいつを見ろ！」と言うためのさらし首とは違いますから、道端に転がっている死体を人は平気で見ません。そのように世の中は平和なのですが、まさかそんな前置きで平安時代の古典文学を語る人もいないでしょう。

私が『枕草子』の現代語訳を始めたのは、今から三十年くらい前です。別に古典が好きだったわけでもなく、私にとって古典とは「めんどくさいもの」でした。どうしてそうなったのかというと、高校の時の古典の教師がやな奴《やつ》だったので、そのせいで古典が好きになれなかっただけです。そんなことは高校を卒業して忘れていたのですが、『枕草子』の現代語訳をやらなければいけなくなって、「ああ、古典なんてめんどくさいから嫌いだった」ということを思い出したのです。

平安時代のファッションの話

私はなんでもいきなり始めてしまうので、その始めはなにがなんだか分かりません。表面的なこと——たとえば女が髪を伸ばして十二単《ひとえ》を着ているのが平安時代だとか、そんなことは分かるのですが、具体的にどんな時代だったのかは分かりません。大体、「十二単」という言葉自体が後の言い方で、平安時代には存在しない言葉です。

それを言うなら、平安時代には「重ね袿《うちぎ》」と言いました。清少納言の書いた『枕草子』には、当時のファッション用語がやたらと出て来ますが、「平安時代は十二単だ」という程度の頭ではわけが分かりません。

「単《ひとえ》」というのは裏地のない着物で、平安時代では下着のことです。下着をいくら重ねてもおしゃれにはなりませんから、重ねるのは、下着の上に着る「袿《うちぎ》」です。「袿《うちぎ》」とも読みますが、これは名前の通り「内に着るもの」です。女だけでなく、男も着ます。袿を何枚も重ねて、女の人はその上に「表着《うわぎ》（上着）」を着ます。袿はだいたい無地で、柔らかくてフワフワしているのに対して、表着はしっかりとした模様を織り出した織物であるのが普通ですが、袿も表着も形は同じなのです。だから「袿と表着はどう違うんですか？」と言われると少し困ってしまいます。

「袿は何枚も重ねるものだということになると、表着という似たようなものをその上に着なくても、一番上の袿を〝表着〟ということにすればいいんじゃないですか？」と言われてしまうと、私なんかは「そうかもしれません」と言うしかありません。もしかしたら、何枚も重ねる袿の一番上のものを「表着」と言っただけなのかもしれません。でも、その辺りのはっきりした説明は見つかりませんでした。

平安時代の女の人の正装は、袿を重ねて表着を着て、その腰に上から長いエプロンみたいな「裳《も》」というものを結びます。前向きにではなく、エプロン部分が後ろになるように結んで、その上に「唐衣《からごろも》」という短い上着《ジャケット》を着ます。なんでそんなことをするのかというと、その正装の立ち姿を後ろから見ると、奈良時代や飛鳥《あすか》時代の女の人の着ていた中国風の衣装のように見えるからです。つまり、後の時代に十二単と呼ばれるようになる平安時代の女性ファッションは、その前の奈良時代的ファッションのカジュアル化だということが言えるのです。

もちろんこれは私の推測で、今から三十年前にはどこにもそんなことが書いてありませんでした。

平安時代のファッションに関する本がなかったわけではありませんが、それは「ファッションに関する本」ではなくて、「装束《しょうぞく》に関する本」です。それはもうお作法の世界で、「どうなっているのか」を説明するのではなくて、「こうなっているから、これをこのまま覚えなさい」というような書き方をする本です。「あのォ……」と言いかけると、「これが分からないバカは教室から出て行きなさい」と言われそうな感じがします。どうしても、嫌いだった古典の教師を思い出してしまいますが、少し前まで古典というのは「完成された立派な人生のテキスト」だったので、「文句を言わずにこのまま呑《の》み込みなさい」というトーンが中心にあったのです。

そういうことになると、中途半端にものを知っていると「決まりものの壁」にぶつかって、なんだか分からないまま傷つきます。いっそ「俺なんかなんにも知らないバカだよ」という前提に立った方が、しんどくても「納得のいく分かり方」が出来ます。

ということで、先程の「一番上に着る袿のことを表着と言ってはいけないのか？」という質問ですが、別に悪くはないと思います。というのは、平安時代には「小袿《こうちぎ》」というものも出て来るからです。袿や表着より丈の短い小袿は、唐衣の代わりの略礼装として着られました。短いから「小袿」ですが、そういう名称があるということは、「一番上に着る袿を表着と呼んだ」であっても間違ってはいないということになります。もちろんこれも、私個人の考え方ですが。

「古典の現代語訳をするのに、文法のことではなくてファッションのことばかり気にしているのはおかしい」と思われる方もいるかもしれませんが、ファッションに関する記述の多い『枕草子』ではそれを理解するしかありません。そして、時代というものはど、こから見えてくるのかは分からないものなのです。

「出《い》だし袿」って分かります？

『枕草子』の第二段には、こういう文章があります。三月の美しさを語っている部分ですが、こうです――。

《おもしろく咲きたる桜を長く折りて大きなる瓶《かめ》にさしたるこそをかしけれ。桜の直衣《なほし》に出だし袿して、客人《まらうど》にもあれ御兄《せうと》の君達《きむだち》にても、そこ近くゐてものなどうち言ひたるいとをかし。》

「きれいに咲いた桜を大きな瓶に生けてあるそばにイケメンがいて話してるのを見るのは素敵」ということですね。当時の女達は簾《すだれ》を下ろした中にいて、男達とは一緒にいないから、清少納言が仕える女主人のところへ客人かあるいは男の兄弟がやって来て簾の外で話をしているのを、清少納言は「いいわね」と思って簾の内側から見ているのです。さしてむずかしい言葉はありません。分からないのは、《桜の直衣に出だし袿して》です。

この《桜》は、平安時代の色（色目《いろめ》）の名前で、《直衣《のうし》》というのは、「男性用の普段の着物」です。袴《はかま》の上に着ます。そこら辺は、辞書を引けば書いてあるから分かりますが、分からないのは《出だし袿》です。辞書には「直衣と指貫《さしぬき》（袴）の間から袿の裾を出して着ること」と説明してあって、その絵なんかも載せてあったりしますが、「なんだこれは？」的によく分かりません。分からないのは、「なんだってそんなことをしなくちゃいけないんだ？」と思うからです。

指貫という袴は、今のズボンです。直衣はカジュアルな時に着る丈《たけ》の長いジャケットです。平安時代風な絵にされるとよく分からないのですが、男の人の場合、袿は普通指貫袴の内側に入れて着ます。それをわざわざ出して、その上にジャケットの直衣を着るのが《出だし袿》です。そのように順を追ってよく考えると、《出だし袿》とは、シャツアウトというカジュアルな着こなしなのです。今では当たり前ですが、三十年前だとまだ「そういう着方をする人もいる」という段階です。実は私はそのもっと前の高校時代に、上着の下からシャツの裾を出して着るというのを一人で実験的にやって、「これ

「カッコいいじゃん」と思ったのですが、そんなスタイルで外に出て行ったら「なにやってんだバカ」と言われるくらいだったので断念しました。でも、平安時代にはシャツアウトという男のカジュアルな着こなしがあったのです。

あまりそういう風に考えないので意外に思われてしまうのですが、平安時代はパンツファッションの時代なのです。男も女も袴をつけます。着る物が上半身と下半身とで違うという点で、平安時代のメンズファッションは現在と同じなのです。

シャツの裾はズボンの中に入れるものでしたが、今やシャツの裾をズボンから出すのは普通です。シャツの裾をズボンから出して、その上にジャケットを着ます——そうして、ジャケットの裾とシャツの裾のコンビネーションを見せます。これは、千年ぶりに復活した《出だし袿》です。

ところが、平安時代が過ぎると、いつの間にか男も女も袴をつけなくなっています。明治時代の女学生になるまで、女性は袴をつけません。江戸時代の袴は、男の人が正装する時につけるものです。江戸時代では、男の人も女の人も袴をつけないでいるのが普通で、その着物の着方を「着流し」と言います。「着流し」は上半身と下半身の間に帯があるだけで、上下は同じものです。ここでは「上と下に分かれたものを着る」ということが、もう当たり前ではなくなるのです。しかも、「カジュアルな時に着る着物」というものはあっても、「カジュアルな着方」という発想自体がなくなってしまいます。「着崩す」というカジュアルスタイルが当たり前だった平安時代には、「萎装束《なえしょうぞく》」という言葉がありました。これの反対語は「強装束《こわ》」です。昔の着物は絹織物が普通ですが、布に糊《のり》をきかせてパリッとしたものを着るのが強装束で、糊なしが萎装束です。布地に糊なしですから、仕上がりがフワフワしていて、「重ね袿」のフワフワ感を出すのだったら断然萎装束で、武士の時代が近づく院政の時代になって強装束が一般的になるまで、平安時代の着方は萎装束が中心です。

糊がついているものでも、着慣らして布地をクタクタにしてから着ます。それを着るのが誰にしろ、「着慣らす」というのは「ずーっと着続けている」ということですから、「そんなことして臭わないの？　洗濯してたの？」という、ちょっとこわい疑問もあります。でも、平安時代というのは、着る物にお香を薫《た》き込める文化の時代なのです。「臭うかどうか」は問題ではなくて、まず「着物からいい匂いがする」なのです。

十二単の重ね袿の時代は、そういうフワフワの萎装束の時代ですから、「キチンと着る」なんてことをしません。「着崩す」のカジュアルが当たり前だったのです。「着崩す」という考え方が平安貴族の時代にはあって、その後はずっと武士の時代で、人は真面目になってしまいますから、普段着とか遊び着はあっても「カジュアルに着崩す」という考え方はなくなるのです。かつてあった習慣がなくなって、それがずっとないままだったから「出だし袿」は難解になったのですが、「シャツアウト」という言葉が登場してしまえば、その難解が崩れます。だから、それが分かった私は、平安時代を「カジュアルがあった時代」として捉え直して、「今とおんなじじゃん」と思うようになってしまったのです。

十三　歴史はくるくると変わる

清少納言の書く文章

清少納言の『枕草子』を読んでびっくりするのは、そこに千年も前に書かれたとは思えないような現代性があることです。第二十一段にはこう書いてあります――。

《おひさきなくまたやかにえせざいはひなど見てゐたらむ人は、いぶせくあなづらはしく思ひやられて、なほさりぬべからむ人のむすめなどは、さしまじらはせ世のありさまも見せならはさまほしう、典侍《ないしのすけ》などにてしばしもあらせばやとこそおぼゆれ。宮仕へする人をあはく〳〵しうわるきことにいひ思ひたるをとこなどこそいとにくけれ。》

見ただけなら「昔の文章」で、なにを言ってるのかよく分かりませんが、実は清少納言はとんでもないことを言っています。以前に私の書いた『桃尻語訳枕草子』にあるその部分の訳を引用しましょう。清少納言はこう言っているのです——。

《将来がなくって、完成しちゃったみたいでね、嘘《うそ》の幸福なんか見て安住してるみたいな女はうっとうしくってバカバカしい気がするからさァ、やっぱりね、しかるべきとこの女の子なんかはさ、人前に出してさ、世の中の様子も見せて勉強させてあげたいと思うし、典侍なんかになってさ、少しはいればいいんだわよ——とかってさァ、ホントに絶対、思うのッ！　宮仕えする女を軽薄でロクでもないことみたいに言って思ってる男なんかさァ、もうホント、すっごく頭来んのッ!!》

すごく乱暴な訳文に見えるかもしれませんが、そもそも清少納言の原文が今の文章の形とは違っていて、それを忠実に現代語訳してしまうと、こんな風になってしまうのです。

たとえば、引用した原文の最後のところです。《宮仕へする人をあは〳〵しうわるきことにいひ思ひたるをとこ》というのは、「宮仕えする女を軽薄でロクでもないことみたいに言って思っている男」で、それが《などこそ、いとにくけれ》なんです。

結びの部分は、「こそ」の後に形容詞「にくし」の已然形《いぜんけい》が続く係結びで、「AこそB（已然形）」の構文は、「AというのがホントにBである」というような、Aの部分を強調する構文なのです。

「宮仕え女を悪く言う男」が嫌いな清少納言は、係結びを使って「そういう男こそが頭に来る！」と言っているわけですが、そういう清少納言は、係結びで強調されるのがAの「男」だけだということが不満なのです。Bの部分の「頭に来る！」の方もまた強調したい彼女は、係結びで強調するのではすまなくて、Bの部分の「にくし」にも《いと》という意味を強調する副詞をつけて、《こそいとにくけれ（＝というのがすっごく頭に来る！）》にしてしまうのです。普通なら「宮仕へ女を悪く言ふ男こそにくけれ」ですんでしまうのですが、清少納言は「それだけじゃやだ！」の人なのですね。

係結びと副詞の《いと》を使って、清少納言はストレートにも「宮仕え女を悪く言う男」を嫌っているわけですが、そのストレートな文章の中に、不思議な曖昧表現も登場します。《をとこ》の後に続く《など》です。この《など》は必要でしょうか？　宮仕え女を悪く言うのは《をとこ（男）》なのですが、清少納言は「それ以外にも悪く言う奴《やつ》はいる」と思って、《をとこなど》と言ったのでしょうか？　どうもそうではありませんね。この《をとこなど》は、「男とそれ以外のやつら」という意味ではなくて、もっと軽い「男なんか」という使われ方です。

清少納言の言葉の使い方はとても現代的で、その言葉は文章で書かれているにもかかわらず、文章語ではない喋《しゃべ》り言葉に近いのです。だから、清少納言の文章は、よく見れば雑然として、そのくせ勢いがあります。彼女の文章の中には《いと（すっごく）》の強調や《など（なんか）》の曖昧がやたらと登場して、それが文章のリズムを作っています。勢いで意味をギューギュー詰めにしてしまうのも彼女の特徴で、だから、ただ「宮仕え女を悪く言う」ではすまさないのです。彼女は《わるきことにいひ思ひたる》と言っています。「悪く言う男」だけではなくて、それを口に出さず思っている男も含めて、「すっごく頭に来る！」なのです。

そういう人の文章を訳すのは大変です。そこに書かれていることを忠実に拾い上げて、文章の形にしようとすると、どうしても「普通とはちょっと違った文章」になってしまうのですが、それはともかくとして、本題はその文章で書かれた内容です。

「宮仕え女」というのは私の造語でもありますが、これは「自分の家の外で働いている女」で、清少納言もその一人です。この「宮仕え」という働き方は、「自分の家よりワンランク上のお屋敷へ働きに行く」ですから、「高級なキャリアウーマン」でもあります。

平安時代のキャリアウーマン

平安時代の真ん中辺の摂関政治の時代は「女房文学の黄金時代」であったりもするのですが、清少納言や紫式部といった「女房」が「宮仕え女」なのです。「房」というのは「部屋」のことで、働きに出たお屋敷の中で個室を与えられた女性が「女房」――つまり、キャリアアップに成功している女性です。清少納言はそういう「女房」ですから、自分のことを誇っています。

ついでに、「清少納言」の読み方は「せいしょう・なごん」ではありません。彼女は

「清・少納言」なので、「せい・しょうなごん」と読むのが本当です。

昔の女の人の名前は、特別に身分の高い人じゃないと不明です。名前は分からなくて、呼び名だけあるのが昔の人です。宮仕えに出た女の人の呼び名を「女房名」と言います。父親か兄の官職名を女房名にするのが普通です。たとえば「紫式部」というのは、『源氏物語』の紫の上に由来する彼女のニックネームのようなもので、普通は「藤式部《とうしきぶ》」と言われていました。父親の藤原為時《ためとき》が式部省という役所の役人だったので「式部」で、その上に藤原姓の「藤」の一字を付けて「藤式部」です。

女の人ではなくても、平安時代に下の名を呼ぶ習慣はありません。下の名前で他人を呼ぶのはとても失礼なことで、これがＯＫなのは、身分が上の人が自分よりずっと低い身分の人を呼ぶ時だけで、普通はその人の官職——肩書きにその人の姓の一字を付けて呼びます。たとえば、「藤原ナントカ」という人が中納言だったら、その人の呼び名は「藤中納言《とうちゅうなごん》」です。

清少納言の「清」は、彼女が「清原氏の人間」ということを示して、「少納言」は普通だったら「彼女の父か祖父かあるいは兄が少納言という官職の人」ということになるのですが、不思議なことに、彼女の父や祖父や兄に少納言だった人はいません。どうしてか分からないけれど、宮仕えをする彼女の呼び名は「少納言」です。

彼女の一家に少納言になった人はいないけれども、彼女が「少納言」と呼ばれるのは、彼女がそれほど身分の高い家の出身者だと思われていなかったからかもしれません。

実は、宮仕えの女房には上・中・下のランクがあります。上﨟《じょうろう》・中﨟《ちゅうろう》・下﨟《げろう》というのがそれで、女房名にも当然ランクはあります。「少納言」がどこら辺のランクの名前かというと、残念ながら下、あるいは「中に近い下」です。

清少納言の勤務先――つまり宮仕えをした相手は、当時の天皇の后《きさき》である中宮定子《さだこ》です。宮仕えをする相手として、これ以上のものはないようなところが清少納言の勤務先で、だから当然、そこにいる同僚の女房達は、みんないいところのお嬢さんで、おそらくはみんな藤原姓の女性です。中宮定子は清少納言の才能を認めて彼女を可愛《かわい》がりましたが、清少納言は圧倒的な数の藤原氏で埋め尽される貴族社会の中で、傍流の清原氏です。才能は評判になるほどあるけれど、同僚の女房達と比べると彼女はランク落ちの存在になってしまいます。彼女が「少納言」という下﨟の女房になってしまったのは、そのためのような気がします。
「『枕草子』は清少納言の自慢だらけだからいやだ」と言う人もいます。中宮定子に仕える清少納言が、人に羨まれるような立場にいたことだけは確かです。そういう清少納言なのだから、「働きに出ないで家にいる女」をぼろくそに言う理由なんかないだろうと思うのですが、同僚と比べて家柄がよくないということになると、やっぱり頑張ってへんな自慢や悪口も出てしまうのかもしれません。そんなこんなで、この第二十一段は「宮仕えをしない普通の女への悪口」なのです。

私が『枕草子』の現代語訳を始めた頃は、まだ男女雇用機会均等法は成立していませんでしたが、女が自分の仕事を持つのが当たり前になり始めていた時代でした。「仕事を続けないで結婚に逃げちゃう女は意識が低くてだめだ」なんてことを言う「働く女」もいて、そういう存在がカチンと来て、「働く女」のことを悪く言ったり思ったりする男はいくらでもいました。私はそれを「現代の女と男のあり方の一つ」と考えていたのですが、そこにこの『枕草子』です。「働く女の悪口」が言われて、働く女の方も「仕事を持たない女」の悪口を言うのは、なにも現代になってのことではない。千年前にもあったのだと知って、びっくりしてしまいました。

その点でも平安時代は「現代とそっくり」だったのですが、その「千年前にあったこと」は、「千年前から続いていること」ではありません。「女房文学の黄金時代」はいつの間にか終わって、その後は「女が文章作品を書く」ということ自体が稀《まれ》のように思われて、明治時代の樋口一葉《ひぐちいちよう》が登場するまで女流作家は存在しないようにも思われてしまいます。「千年前に、現代とそっくりの状況が存在していたから、それに気がついてびっくりしてしまう」なのですが、そうなってしまうのは、平安時代が「平安時代」として存在していて、でも人は平安時代を「そんな時代」だとは思わなかったからです。前回にも言ったように、「シャツアウト」という着こなし方が《出だし袿《うちぎ》》から千年たって登場しなければ、《出《い》だし袿》のあり方が分からないのと同じです。「千年前の女のあり方」は現代のそれと同じで、現代と平安時代の間には、それと似たようなあり方がなかった——だから「平安時代がどういう時代だったか」ということのピントがぼけてしまったのです。

女の時代から男の時代へ

時代はくるくると変わります。「女房文学の黄金時代」である平安時代は「女の時代」ですが、同じ平安時代でも摂関政治の時代の後の院政の時代になると、「男の時代」になってしまいます。着慣らしてフワフワの萎装束《なえしょうぞく》が、糊《のり》をきかせてゴワゴワした強《こわ》装束に変わって行くのも、男の時代のあり方です。

「和歌を詠む」というのは、平安時代の貴族の必須教養でしたが、「漢字は男のもの、ひらがなは女のもの」という線引きがあった時代ですから、「ひらがなのもの」である和歌は女の人が進出しやすいジャンルです。だから女流歌人が多く出て、小野小町も清少納言も紫式部も「有名な歌人」で、清少納言なんかは漢文の知識も持ちながら、当意即妙な和歌を詠んで男達を唸《うな》らせていました。

男にとっても「和歌を詠む」というのは必須の教養で、だからこそその場で「大ヒット」的な和歌を詠んでしまう清少納言は、『枕草子』を書く以前に、もう男達からちやほやされていたのですが、だからと言って、平安時代の貴族階級のすべての男が和歌が得意で、和歌が好きだったというわけではありません。
清少納言には橘則光《たちばなののりみつ》という結婚相手がいました。彼は二度目の結婚相手ですが、身分はそれほど高くなくて「中流の下」といったクラスの貴族です。宮仕えに出ている清少納言と橘則光は、当然「別居結婚」なんですが、「この二人がどうして結婚なんか出来たんだろう？」と考えると不思議です。『枕草子』の第八十段（テキストによっては第七十九段）で、清少納言は夫則光がよく言っていた愚痴を書いています。これです――。
《おのれをおぼさむ人は、歌をなむ詠みてえさすまじき。すべて仇敵《あだかたき》となむ思ふ。いまはかぎりありて絶えむと思はむときにを、さることは言へ。》
訳せば「俺を好きだっていうような女は、和歌を絶対に詠んで来たりするんじゃないぞ。みィーんな敵だと思うからな。〝今はもう限界が来ちゃって別れよう〟って思うような時にだよ、そんなもんは詠めばいいんだ」です。

橘則光は、和歌が嫌いなんですね。自分の結婚相手の清少納言が、その情況に合った和歌を詠んで、男達から「すげェ、最高にセンスいい」と褒められたりするのを聞くと、誇らしくて嬉しいんですが、でも和歌は嫌いなんです。当時の和歌は、人から贈られたらすぐに返さなくちゃいけない——今のメールみたいなもんですが、そのことを「めんどくさい」と思う、和歌を詠む才能のない男だっていくらでもいるのです。

宮仕えに出た女は、外の男から顔や姿を見られないように、自分の個室とは違う仕事の場でも、簾《すだれ》を下ろされたその中にいます。だからと言って、じっとおとなしくしているわけではありません。なにしろ宮仕えをする女は、清少納言自身も言うように《あはくし（軽薄）》と思われてもいるのです。だから、簾の際に座って外を眺めて、そこを男が通ると、簾の中からいきなり声を掛けるのです。それも、「ねェ、ちょっと」とかいうのではなくて、いきなり和歌の一部を言い掛けて、外の男がそれを分かって答えられるかどうかを楽しんでいるのです。そういうことを、宮仕え先の宮中でやっています。「雅《みや》びな世界」ではありますが、ある種の男にとっては「迷惑で騒々しい世界」で、そう思うのは和歌を詠むのが苦手な男です。

うっかり女子校に入り込んだ男子校の高校生が、女子達に見つかってさんざんにからかわれるのと同じです。そういう男達は、宮仕え女がひそんでいる簾の前まで来ると、袖で顔を隠したりして、足早に通り過ぎてしまいます。そういうことも『枕草子』には書いてあります。橘則光も、平安時代にはいくらでもいた「和歌が苦手な男」で、だからこそ「なんで清少納言はそういう男と結婚を続けていたんだろう？」と思うのです。

二人の結婚生活はやがてうまくいかなくなります。則光は「なんとかうまくやって行きたい」という手紙を清少納言に贈るのですが、彼女はその返事に和歌を詠んで贈りました。もうおしまいです。則光はそれに答えず、そのまんま二人の仲は終わってしまったんだと、『枕草子』の第八十段（あるいは第七十九段）にはあります。

武士が出て来て合戦が起こる院政の時代になると、えらい人達の中には「和歌の詠めない人」も出て来て、他人に代作をしてもらったりします。そういう風に「男の時代」になってしまうのですが、それもまた仕方のないことではありましょう。

十四　日本語が変わる時

「時代は変わったのだ」と言う『愚管抄』

平安時代――特に摂関政治の時代は「女の時代」です。それが院政の時代になると「男の時代」に変わってしまって、源平の合戦に象徴されるような「合戦の時代」にもなります。鎌倉時代になって、天台宗のトップだった大僧正慈円《じえん》という人は『愚管抄《ぐかんしょう》』という歴史の書物を書きますが、そこで慈円は「時代ははっきりと変わった」と言っています――。

《保元《ほうげん》元年七月二日鳥羽《とば》院うせさせ給《たま》ひて後、日本国の乱逆《らんげき》と云《い》ふことは起りて後、武者《むさ》の世になりにける也《なり》》

保元元年というのは、白河《しらかわ》天皇が息子の幼い堀河《ほりかわ》天皇に譲位をして上皇になって院政を始めてから七十年後の、一一五六年です。慈円は「そこから《武者（＝武士）》の世の中になったのだ」と言っていますが、それまで平和で波風の立たなかった京の都に合戦が起こるようになって、世の中が変わってしまうのです。

保元元年に起こった合戦が保元の乱で、その三年後には平治《へいじ》の乱が起こります。初めは都の貴族達の争いだったのに、都にいた武士達がそこに巻き込まれ、二度の合戦となって、その末に平清盛が勢力を確立します。繁栄の平家が源氏と戦って敗れ、壇ノ浦の海に沈むのは、《武者の世》となった保元の乱の二十九年後ですが、もちろんそれで《武者の世》が終わりになるわけではありません。平家が倒れて源頼朝《よりとも》が鎌倉に幕府を開くので、《武者の世》はまだ続き、合戦の時代もまだ続いてしまいます。

慈円の言う《武者の世になりにける也》は、単純に「武士の時代になった」ということだけではありません。その前に《日本国の乱逆と云ふことは起りて》と言っています。《乱逆》というのは、「謀叛《むほん》」とか「反逆」ということで、ただの合戦＝戦闘ではありません。保元の乱は、後白河《ごしらかわ》天皇とその兄の崇徳《すとく》上皇を中心とする二つの都の貴族勢力のぶつかり合いですが、慈円はこれを《乱逆》と言います。つまり、慈円にとって保元の乱は、世の中のあり方を引っくり返すような大逆転の始まりで、《武者の世》というのは、そういう大逆転の続く激動の時代のことなのです。だから、鎌倉幕府が出来て「武士の時代」になったとしても、それで「時代の大変動は終わった」ということにはなりません。

慈円は京都の貴族の頂点に立つ摂関家の出身ですから、鎌倉に幕府を作った武士の立場で世の中を見てはいません。あくまでも京都の貴族の立場に立っていて、その都のあり方が引っくり返るようなことが起こっている間は、慈円にとっての《乱逆》は終わらないのです。

《武者の世》になった保元の乱の六十五年後、今度は承久《じょうきゅう》の乱が起こります。鎌倉に出来てしまった幕府が気に入らない京都の後鳥羽《ごとば》上皇が兵を集めて、武士の政権を倒そうとするのです。このクーデター計画はすぐにばれて、捕えられた後鳥羽上皇は島流しにされてしまいます。

後鳥羽上皇は、平家と共に壇ノ浦に沈んだ安徳天皇の弟で、平家が都から逃げ出した後に、四歳で天皇になりました。子供の時はよく分からなかったでしょうが、大人になれば、天皇というものにはなんの実権もなくなっていて、形式上大切にされているだけで、世の中は鎌倉の幕府のものになっているということが分かってしまいます。だから天皇の位を息子に譲って上皇になった彼は、幕府を倒す計画を立てるのですが、世の中はもう鎌倉幕府のものと確定してしまっています。後鳥羽上皇の方がどう考えようと、世の中の方から見たら、後鳥羽上皇の計画は《乱逆》なのです。

保元の乱が起こって《武者の世になりにける也》と言われても、その《武者の世》はまだ安定しません。武士同士が戦って、ようやく鎌倉幕府というものが出来たとしても、これを快く思わない「旧勢力」がいれば、「安定した武者の世」にはなりません。旧勢力の中心が後鳥羽上皇で、彼が島流しになって初めて、慈円が嘆いていたような《乱逆》の《武者の世》は終わるのですが、それは《武者の世》と嘆かれる期間が終わって、動かしようのない「武士の時代」になったということです。

《武者の世》になったのが一一五六年で、《乱逆》の種が消えてしまう承久の乱は一二二一年ですが、その承久の乱の頃は文化の転換期でもあるのです。どういう転換期なのかと言うと、その後の日本語の文章の原型となる、漢字とかながまじり合って存在する和漢混淆文《わかんこんこう》が登場するのが、承久の乱の少し前の頃だからです。

和漢混淆文による代表的な作品と言われる『平家物語』が登場するのはこの時代で、保元の乱や平治の乱を題材にした『保元物語』『平治物語』もやはり和漢混淆文で、承久の乱が起こる前の時期に書かれたと考えられています。先程から話題にしている『愚管抄』も、やはりこの時期に書かれた和漢混淆文によるものです。

慈円自身は《かなにて書く》と言っていますが、『愚管抄』は漢字とかなの入りまじった和漢混淆文で、「なぜそういうものが出来上がったのか?」という、当たり前の、しかし考えてみるとよく分からない理由を、慈円は『愚管抄』の中でちゃんと書いています。慈円によればそれは、「みんなが勉強をしなくなって、文章の読解力がなくなったから」です。

みんなが勉強をしなくなって日本語が変わる

承久の乱を前にして書かれた『愚管抄』は、「このままでは危いことになりますよ」

と言わんとして、それまでの日本の歴史を書く本です。歴史というものは、本来漢文で書かれるものでした。慈円はもちろん、漢文が読めて漢文が書ける人です。なにしろ、お経というものは漢字だけで書かれているもので、天台宗のトップで大僧正という地位を得ている慈円に、それが出来ないわけはありません。でも、「正統なる歴史書は漢文で書かれるものだ」と知っているくせに、慈円は和漢混淆文で歴史の本を書いたのです。それは、みんなにこれまでの日本の国の歴史——つまりは「天皇とその治世のあり方」を知ってもらいたいからで、鎌倉時代になって二、三十年がたってしまった世の中には、ちゃんとした漢文が読める能力を持つ人間が減ってしまっていたのです。だから、それまでは普通に歴史を語って来た後で、あとがきのようにしてこんなことを言っています——。

《今かなにて書く事たかき様《やう》なれど、世の移り行く次第とを心得《こころう》べきやうを書きつけ侍《はべ》る意趣《いしゆ》は、惣《そう》じて僧も俗も今の世を見るに、智解《ちげ》のむげに失《う》せて、学問と云ふことをせぬなり。学問は僧の顕密《けんみつ》を学ぶも、俗の紀伝明経《きでんみやうぎやう》をならふも、是《こ》れを学するに従ひて智

解にてその心を得ればこそ、おもしろくなりてせらるゝ事なれ。》

『愚管抄』の文章の、特に「あとがき」であるようなこの巻七は、昔から分かりにくいことで有名ですが、どうして分かりにくいのかと言えば、この文章が「日本で最初に書かれた和漢混淆文による評論」だからです。

漢字だけの漢文と、かなだけの和文の二本立てでやって来た日本語は、論理の方を漢文に任せています。つまり、かなの文章で理屈を追うのはむずかしいのです。『源氏物語』の分かりにくさは、漢字や熟語を使って意味をストレートに分からせるということをせずに、ひらがなで悠々かつぼんやりと説明して行くからです。響きは美しいけれど、意味が曖昧で取りにくい――これが純日本語の和文です。枕詞《まくらことば》や掛け詞を使って、「なにかは表現されているのだが、なにが表現されているのかよく分からない」になってしまいがちな和歌が、このかなによる和文の典型です。「和歌こそが日本語の本流で、和歌というのは理屈ではなくて歌うものだから、日本語が論理的にあやふやになってしまうのも仕方がない」という考え方も出来ます。

漢文を使いこなせる慈円は、その一方で困ったことに、和歌の名手でもあります。和文に慣れているので、むずかしいことをかなの文字を使って平気で書きます。かなの文字でむずかしいことを書くということは、「あんまりむずかしいことを言っても相手は分からないだろうな」と考えながら書く必要があるということでもあるのですが、美しくリズムのある和文を書ける慈円は、「こう書けばバカでも分かるかな」と思って書いてはくれないのです。だから、評論の文章なのに、論として形を整えようとはせずに、平気でところどころに素っ飛ばしがあって、分かりが悪くなるのです。

《今かなにて書く事たかき様なれど》というのは、「今は、漢文ではない漢字かなまじりの文章で物を書くのは当たり前になってしまった」というようなことですが、この文章が《世の移り行く次第とを心得べきやうを書きつけ侍る意趣は》と続いてしまうと、わけが分からなくなります。《今かなにて書く事——》は「世の中のあり方」ですが、《書きつけ侍る意趣は》の方は、「私が書く理由は」です。同じ一つの文章の中で平気で主語が入れ換わっていて、その間に入るべき「私がこの書物をかなで書かざるをえないのは」ということがすっ飛んでいます。つまり、ここには「今はかなで書くのは当たり前になっているが、それは正しいあり方ではない。だが私はかなで書く」ということが抜けているのです。だから、文章の形は整っていても、意味が分からないのです。

この引用文の初めのところだけで、実は論理が二転も三転もしていて、「今の世の中で漢字かなまじりの文章を書くのは普通だ」の次には、「でも」という接続詞が隠されていて、「私がこれを漢字かなまじり文で書いた理由は」になり、「今の人が読解力（智解）をなくして、学問をしなくなったからだ」と結びます。この文章が分かるようで分からないのは、「私が書いた理由は（書きつけ侍る意趣は）」の後が、「世の人がバカになったからだ」で終わっちゃうことです。ここに書かれてしかるべきなのに書かれていないことは、「世の中の学問をしなきゃいけない立場の人間達から読解力が失せて、ちゃんと学問をしなくなったおかげで漢文がロクに読めない人間が増えた。だから私は、そういう人達のために〝知っておくべきこと〟を、漢文ではない文体で書いたのだ」ということです。引用した部分の初めは、そういうことを言っているのではなくて、言いたがっている文章なのです。

奈良、平安時代から慈円のいる鎌倉時代まで、「学問」というのは漢文を読むことでした。公式文書は全部漢文で書かれるのですから、官僚にとって漢文の知識は必須です。《僧も俗も》と言う《俗》は、つまり官僚のことで、朝廷に仕える貴族のことです。僧侶と官僚に漢文の知識は必須で、《顕密》というのは「顕教《けんぎょう》と密教」――「顕教」というのは「密教ではない宗派」なので、つまりは「どの宗派でも」ということです。《紀伝》というのは、官僚が学ばなければならない中国の歴史書、《明経》というのは儒教の経典です。どれも漢文で書いてあるし、自分達の生きている現実と接点があるようにも思えない。しかも、時代は平安貴族の時代ではなくて、もう《武者の世》に移ってしまっている。だから、「こんなもん読んだってなんの役に立つんだ」ということになってしまっている。

今から八百年近く前に、既に「読書離れ」「本離れ」は起きていて、当時の大インテリである慈円はこれを嘆いているのです。だから、「それじゃ困ったことになると思って、私は本来なら漢文で書かれてしかるべきものを、分かりやすい漢字とかなまじりの文章で書いた」と言おうとしているのです。でも、それを言おうとして、慈円は「学問をして読解力（智解）を得て行けば、学問はおもしろくなるのだ」と言ってしまうのです。

「読解力がつけば学問はおもしろくなる」は本当でもありますが、でもそれを言う慈円は、もう「読解力のない人間でも分かるような、漢字とかなまじりの歴史の本」を書いてしまっているのです。それを書いたということは、「読解力のないやつらばかりだからしょうがねェよな」と、漢文が読めない漢文を読まない人間達のことを、慈円が肯定しているということです。書く方がそういう態度だったら、読む方だって「ここに分かりやすい本があるんだから、めんどくさい漢文の本なんか読まなくたっていいんじゃねエの?」になりかねません。

この文章に続く『愚管抄』の後の方では、「私はちゃんとした漢文の本を読んでもらいたいから、漢文とかなまじりの文で〝歴史の入門篇《へん》〟を書いたのだ。これで興味を持ったら、ちゃんとした漢文の本も読んでくれよな」と言っています。もちろん、そういうことを「分かりやすく」ではなく、「うーん、きっとそういうことを言ってるんだろうな」と思うような独特の書き方で。「日本で最初に書かれた和漢混淆文による評論」は、まだ「こういう風に説明すると分かりやすくなる」という考え方が不十分なのです。

京の都で天台宗のトップ（座主《ざす》）である慈円は、今で言えば京大や東大の総長みたいなポジションの人です。だから、自分のしたことを親切に説明する「あとがき」を書くより先、「学問というものはだな」という話になって、結局「自分はなぜこれを書いたか」ということがどこかへ行ってしまったのでしょう。

慈円は、自分の書いたものを《かやうの戯言《ざれごと》》とも言っています。漢文絶対主義のあり方からすれば、難解な『愚管抄』もふざけた《戯言》になってしまうのでしょうが、でもその《戯言》がなかったら、今の普通の日本語の元である和漢混淆文はないのです。

ある時期の日本人はバカになって勉強をしなくなって、そのおかげで今の「普通の日本語」は生まれたというのは、「なんだかなァ」的な事実です。『愚管抄』が書かれてその後で承久の乱が起こり、その四年後に慈円は七十歳で死にます。その後のことはともかくとして、死ぬ前にやるべきことをやっておいた慈円はえらい人です。

十五　人の声が言葉を作る

耳で聞く『平家物語』と目で読む『平家物語』

和漢混淆文《わかんこんこう》の代表と言えば、鎌倉時代の末かその後の南北朝の頃に書かれた兼好法師の『徒然草《つれづれぐさ》』ですが、もう一つの代表作に『平家物語』があります。前回にも言いましたが、これは『愚管抄《ぐかんしよう》』が書かれた鎌倉時代の前半に成立したものです。《祇園精舎《ぎをんしやうじや》の鐘の声、諸行無常《しよぎやうむじやう》の響《ひびき》あり。》で始まる『平家物語』は、誰でも知っているような有名な作品ですが、『平家物語』の話をするのは、少しばかり面倒です。どうしてかと言うと、『平家物語』にはいくつものテキストがあって、その内容がみんな微妙に、そして大きく違っているからです。

印刷によらなかった昔の本は、みんな手で書き写します。慈円が「この本を読む人は」とか「最近の人は」などと言ったとしても、手書きの『愚管抄』は誰にでも読めるような部数の本ではありません。一々手で書き写されなければならない昔の本のテキストが微妙に違ってしまうのは不思議ではないのですが、『平家物語』のテキストの違いはそういう違いではありません。

『平家物語』は、盲目の琵琶《びわ》法師が琵琶を弾きながら語ることによって伝えられました。そうして語られるものを「平曲《へいきょく》」と言いますが、今私達が普通に読む『平家物語』は、このテキストを文字化したものです。同じ平曲でもこれを語る流派によって微妙な違いはあるのですが、今私達が普通に読むテキストは、南北朝時代の一方流《いちかた》の琵琶法師覚一《かくいち》によってまとめられた「覚一本」と呼ばれるものです。

私達が普通に目にする『平家物語』のテキストであるこの覚一本は、琵琶法師が語ったものだから「語り物系のテキスト」と言われています。よく考えてみれば、私達は「語り物系の覚一本」以外の『平家物語』を目にすることがまずないので、余分なことは知らなくてもいいのですが、『平家物語』にはもう一つ、「琵琶法師が語って聞かせるもの」ではない「読み物としてのテキスト」もあります。「読本系《よみほん》」と言われるもので、これにもまたいくつかの種類はあるのですが、どう違うのかというと、こんな風に違います――。

《祇園精舎の鐘の声、諸行無常の響あり。娑羅《しやら》双樹《さうじゆ》の花の色、盛者必衰《じやうしやひつすい》のことわりをあらはす。おごれる人も久しからず、唯《ただ》春の夜の夢のごとし。たけき者も遂《つひ》にはほろびぬ、偏《ひとへ》に風の前の塵《ちり》に同じ。》（覚一本『平家物語』）

《祇園精舎の鐘の声諸行無常の響あり。沙羅双樹の花の色盛者必衰の理りを顕す。驕《おご》れる人も不レ久ラ春の夜の夢メ尚ヲ長し。猛《たけ》き者も終《つい》に滅びぬ。偏へに風の前の塵と不レ留《トマラ》。》
（延慶《えんぎよう》本『平家物語』）

ほぼ同じ内容の二つがどう違うかと言うと、覚一本の方が延慶本より長いです。もちろんこんなことを言われて「なるほど」などと納得してはいけません。延慶本より覚一本の方が漢字が少なくて、《盛者必衰の理り》を《盛者必衰のことわり》と書くから、覚一本の方が字数が多くて長くなるのです――と言って、もう一度考えて下さい。覚一本のテキストは、盲目の琵琶法師が語ったものを文字化したものなのです。よく考えれば分かるのですが、目の不自由な琵琶法師には、自分の語るテキストを文字化する必要がありません。文字化したって、点字のない昔には読むことが出来ないからです。

聴覚にすぐれた琵琶法師は、目ではなく耳で聴いて『平家物語』を覚えます。そのためには、ただの「文章」であるよりも、楽器の音に合わせて語る節《ふし》――メロディラインがあった方が便利です。『平家物語』は、そのように、語られることによって伝わったものですが、「そのままだと中身が混乱してしまうおそれがあるから、文字化しておこう」になったのです。その書き起こす文字化の作業をしたのは、当然のことながら、盲目の琵琶法師という当事者ではないはずです。目が見えて文字が書ける人です。目の見える人が文字化をするに際して、「ぎおんしょうじゃのかねのこえ、しょぎょうむじょうのひびきあり」と聞こえるものに漢字をあてはめたのが、覚一本のテキストです。

覚一本のテキストは、本当だったら延慶本と同じくらいの漢字が使われてもいいのですが、これを文字化する人は、《驕れる人》や《猛き者》を、漢字を使わず《おごれる人》や《たけき者》と書きました。きっと、そのように聞こえたままを書いていて、ここに《驕》や《猛》という漢字を使う必要を感じなかったのでしょう。

一方の延慶本です。「延慶」というのは、承久《じょうきゅう》の乱から九十年くらいたった鎌倉時代の年号で、今に伝わるテキストには「延慶の頃のテキストを、室町時代になってから書き写した」といういわれが付いています。耳から聞いたものを文字化したのではなく、既に本として存在していたものを書き写したものですから、その文字遣いはここに引用したものと同じはずです。だから、これを見ると「読むための文章」がどう書かれていたかが分かります。

延慶本には《不レ久ラ》とか《不レ留》という漢文を読む時の返り点（レ）を使った部分があって、《不レ久ラ》と書いてしまえば、《久しからず》と書く手間が省けます。覚一本では《風の前の塵に同じ》となっているところを、延慶本は《風の前の塵と不レ留》です。《不レ留》と書けば「とどまらず」と書く手間が省けて文字数は減りますが、ではなぜ《風の前の塵と不レ留》なのでしょうか？

この助詞の《と》は、「風の前の塵になって、留まらない」という意味で使われています。覚一本は、《風の前の塵に同じ》とだけ言って、「風の前の塵がどうなるかは分かるだろう?」と、それ以上の説明をしません。でも延慶本は、「風の前の塵だからそこに留まっていない――つまり吹き飛ばされるのだ」という説明をするのです。《風の前の塵に同じ》と書く覚一本からは、ちっぽけなものを吹き飛ばしてしまう風の音が聞こえます。一方、《風の前の塵と不レ留》の延慶本からは風の音が聞こえず、「吹き飛ばされまい」と頑張っているような小さな「塵」の姿が目に残ります。微妙な差ですが、語り物系の覚一本は「余韻」に逃げて、でも読本系の延慶本は、《不レ留》の二文字でしっかりと説明をするのです。たった二文字の中にしっかりと説明が入っているから、文字数が少ないにもかかわらず、延慶本の方が重くて、むずかしいように思えるのです。

元々「聞くもの」であった覚一本に漢字が少ないのは、「そこら辺の意味を深く考えないで。聞いているだけでいいよ」と、このテキストが言っているからです。覚一本、延慶本のどちらにも「、（読点）」は本来ありませんが、語られるテキストの覚一本には、ブレス記号のつもりで読点をつけました。それだけで、声に出して読みやすくなるはずです。でも、延慶本の方に読点の必要はありません。あるのは「。（句点）」だけで、この文章は、「見れば、分かるだろ？　じっと見なけりゃ分からないだろ？」と言う漢文系の文章で、「読む人間が考えながら読まなければ分からない文章」だからです。それでこちらには、テキストにない振りかなをないままにしました。

「語り物系」というのは、つまり「話し言葉による文章」で、「読本系」というのは、「書き言葉による文章」なのです。「話し言葉系」は、分かりやすさのために文字数を費すので、同じ内容の文章でも話し言葉の方が文字数が多くなります。でも「書き言葉系」にそんな親切心はありません。書きたいことだけを書いて文章をギューギュー詰めにします。だから「書き言葉系」の方が、説明する内容が多くなって、重くなるのです。

語り物系の『平家物語』は平気で省略する

語り物系の『平家物語』を読んでいると、時々「え？」と思うことに出合います。どうしてかと言うと、内容が平気でカットされているから、話がつながらないのです。

『平家物語』の巻一に、「俊寛沙汰《しゅんかんのさた》　鵜川軍《うがわいくさ》」と題された章があります。後白河法皇の側近達が「平家打倒」の謀議を始める「鹿谷《ししのたに》」の章に続く部分で、この辺りから『平家物語』はようやく『平家物語』らしい展開を見せるのですが、「俊寛沙汰　鵜川軍」で語られるのは、後白河法皇の側近である西光《さいこう》という男の息子達のことです。

西光の息子の師高《もろたか》と師経《もろつね》は、加賀の国（石川県）の地方官に任命されます。兄の師高が国守《くにのかみ》というトップで、目代《もくだい》というその代理の役になった弟の師経が、加賀へやって来ます。師経は傲慢な男で、加賀の国府《こくふ》（その地方を治める役所です）の近くにある鵜川という寺の風呂――多分、露天の温泉だと思いますが、そこへ勝手に入り込んで、自分の馬までもお湯に入れてしまいます。僧達は、「ここは昔から国府の役人が来るところではない。さっさと無礼をやめて出て行け」と言うのですが、師経は聞きません。両者はそこで喧嘩《けんか》を始めてしまうのですが、僧兵というものが存在する時代の僧侶は気が荒いので、師経とその家来達はコテンパンにやられてしまいます。逃げた師経は、「このままにはしとかねェぞ」と改めて大軍を集めて鵜川の寺を襲撃し、寺の建物すべてを焼き払ってしまいます。しかもそれをやった師経は、寺側の復讐《ふくしゆう》を恐れてさっさと都へ逃げ帰ってしまうのです。

怒った鵜川の寺の僧達は、本山に当たる都の延暦寺《えんりやくじ》に訴えようとして、そのデモンストレーションの象徴となる神輿《しんよ》（おみこし）を比叡山《ひえいざん》にまで運び込みますが、鵜川の寺を襲った師経が逃げ出したことを寺側が知ったのは、覚一本によれば七月九日で、鵜川側が自分達の属する白山の神輿を比叡山の麓に運び込んだのが、八月十二日です。そこのところを覚一本はこう書いています。

《同《おなじき》八月十二日の午《むま》の刻計《こくばかり》、白山の神輿既に比叡山東坂本《ひんがしざかもと》につかせ給ふと云ふ程《ほど》こそありけれ、北国の方より雷緩《らいおびたた》しく鳴ッて、都をさしてなりのぼる。白雪《はくせつ》くだりて地をうづみ、山上洛中《らくちゆう》おしなべて、常葉《ときは》の山の梢《こずゑ》まで皆白妙《しろたへ》になりにけり。》

白山の方から上って来た神輿のおかげで雪が降り、辺りは真っ白だということですが、時は旧暦の八月——今の九月です。「そうかな？　季節はずれだけど、ここはそういう宗教的な奇蹟《きせき》を語るシーンかな？」と思いはしますが、でもそうではありません。白山の神輿はやがて比叡山の神輿にバトンタッチして、都に大勢の僧と共にやって来ます。この大騒動を鎮めるために都を警護する武士の放った矢が僧に当たり（その武士が実は平重盛《しげもり》の家来）、大騒ぎは広がって、師経の父親の西光をかばう後白河法皇は、比叡山の座主《ざす》の責任を問題にしてこれを解任してそれがまた大騒動になった末、都には大火事が起こり、一味の人間の密告によって鹿ヶ谷での謀議がバレて更なる大事件になるというのが、白山の神輿の雪景色に続く展開なのですが、比叡山の神輿が都に運ばれるのは、覚一本によれば、翌年の四月十三日なのです。だから、白山の神輿が来てから八カ月もの間、比叡山ではなにをしていたんだ？——ということにもなります。

実は、この八カ月の間のことが、読本系のテキストには書いてあります。それによると、「この問題をどうしよう？」と思った鵜川側は、神輿ではなく、まず使者を比叡山に送るのです。ところが比叡山側は「そんな田舎の寺のことなんか知らないよ」と取り合ってくれません。そうする内に冬が来て新年になり、鵜川側の白山の方では「もう待ちきれない」として比叡山の方に神輿を送ります。それが《比叡山東坂本》に入ったのは、読本系のテキストでは三月十四日——旧暦の三月は今の四月で、この頃になら雪が降ってもまァ不思議はないでしょう。

つまり、覚一本は「比叡山側が八カ月も知らん顔をしていた」ということをカットしてしまったのです。だから、八月に雪が降ってしまったのです。

読本系のテキストは、話がぎっしり詰まって説明がギューギュー詰めです。書き言葉だからこそこれが可能になりますが、それをそのまま語ったら大変なことになります。だから語り物系は、これを適当にカットしてしまいます。その結果の「八月や九月に雪が降る」になっても平気です。うっかり語られてしまうと、聞く側は「そういうもんか」と思って納得してしまったりするからです。

和漢混淆文というのは、日本語の文章の基本となるようなものですが、それが生まれるためには、分かりにくく難解な書き言葉の文章を、一度人間の口を通して、理解しやすいものに変えるという必要があったようです。それで、今に伝わる『平家物語』には、時々「え？」と思うようなところはあって、でも「分かりのいい日本語だからＯＫ」ということになっているのでしょう。

十六　漢文の役割

兼好法師が書く『平家物語』の作者

前回、『平家物語』にはいくつものテキストがあると言いました。そのテキストは、語り物系と読本系の二つに分かれて、語り物系の代表的なテキストである覚一《かくいち》本は、南北朝時代に琵琶《びわ》法師の覚一によってまとめられ、読本系のテキストである延慶《えんぎょう》本は、承久《じょうきゅう》の乱から九十年くらいたった鎌倉時代の終わり頃には出来上がっていたとも言いましたが、それと同時に、私は『平家物語』は「『愚管抄《ぐかんしょう》』が書かれた鎌倉時代の前半に成立した」とも言っています。『平家物語』が成立したのは「鎌倉時代の終わり」なのか、「鎌倉時代の前半」なのか？　今のところ「鎌倉時代の前半に成立した『平家物語』のテキスト」というのは存在しないみたいなのですが、「『平家物語』が鎌倉時代の前半に成立した」ということの証人はいます。『徒然草《つれづれぐさ》』の作者の兼好法師です。

『徒然草』の第二百二十六段には、こういうことが書いてあります――。

《この行長《ゆきなが》入道、平家の物語を作りて、生仏《しやうぶつ》といひける盲目に教へて語らせけり。さて山門のことをことにゆゝしく書けり。九郎判官《くらうはうぐわん》のことはくはしく知りて書きのせたり。蒲《かば》の冠者《くわんじや》の方はよく知らざりけるにや、おほくのことどもしるしもらせり。武士のこと、弓馬のわざは、生仏東国のものにて、武士に問ひ聞きて書かせけり。かの生仏が生《む》まれつきの声を今の琵琶法師は学びたるなり。》

《蒲の冠者》というのは、《九郎判官＝源義経《よしつね》》の異母兄弟である源範頼《のりより》のことで、義経も範頼も後になって兄の頼朝《よりとも》に嫌われて殺されたり自殺したりしてしまいますが、源氏の軍勢が鎌倉から都に上った時の大手軍の総大将が範頼で、搦手《からめて》軍の大将が義経です。義経よりも範頼の方がランクが上で、鎌倉幕府の作った正史である『吾妻鏡《あづまかがみ》』には、平氏を倒すために西へ向かった範頼軍のことがもっぱらに書かれていて、義経の行動はほとんど問題にされていません。書く側の立場によって書く内容が異なるということは、

《蒲の冠者の方はよく知らざりけるにや、おほくのことどもしるしもらせり》の一行でよく分かります。

兼好法師の言うところは、「『平家物語』は行長入道が書いた。彼は比叡山延暦寺《ひえいざんえんりやくじ》（山門）の動きや源義経のことはよく知っていて詳しく書いたが、源範頼のことはよく知らなかった。行長入道は、生仏という盲目の僧に『平家物語』を教えて語らせたが、生仏は東国の出身者だったので、武士のことや武術のこと（弓馬のわざ）を東国の武士に聞いて、それを行長入道に書かせた。今の琵琶法師は生仏の声を伝えているのだ」です。

行長入道が何者かということは、この『徒然草』第二百二十六段の前半に書かれていて、学問に優れていたとされる《信濃前司《しなののぜんじ》行長》という人物が出家して、《信濃入道》とか《行長入道》と言われるようになったのですが、じゃこの《信濃前司行長》というのはどんな人物だったのかというと、「藤原行隆《ゆきたか》という人物の息子の行長らしい」というだけで詳しいことは分かりません。『徒然草』によれば、勉強の出来る行長がちょっとしたミスをしでかしたのを恥だと思って出家したのを、『愚管抄』の著者である慈円が、「才能があるのに惜しい」と思って面倒を見てやったということになっています。

藤原行隆という人物は『平家物語』の巻三に登場するチョイ役で、平清盛の遺言記録係になったと言われる人物ですが、行長がその息子で慈円に面倒を見てもらったということになると、「行長入道が書いた『平家物語』は、鎌倉時代の前半に出来上がった」と考えてもいいんじゃないかということにもなります。

しかし、藤原行長という人に、信濃の国の守《かみ》（国司《こくし》）になったという履歴はないみたいなので、「藤原行長＝『平家物語』の作者」という説は、あまり確実ではありません。昔のことだから多少のズレは仕方がないのですが、そうであっても『徒然草』の第二百二十六段には、ある程度以上の真実はあるのだろうと思われています。

『徒然草』の記述の中で重要なのは、行長入道以上に詳しいことがよく分からない、《生仏》という人物です。《盲目》と言われる彼は、その名の通り僧侶ではありましょうが、それ以外のことは一切不明で、もしかしたら、ちゃんとした寺に所属する僧侶ではなくて、琵琶を背負って諸国を流れ歩く流浪の僧のような存在だったのかもしれません。「行長入道は自分の書いた『平家物語』を生仏に教えて語らせた」と兼好法師は言っていますが、それと同時に、「生仏は『平家物語』を書くことに協力した」とも言っています。「協力した」と言うよりも、第二百二十六段の《武士のこと、弓馬のわざは、生仏東国のものにて、武士に問ひ聞きて書かせけり》をそのままに受け取ると、「東国出身の生仏が武士のことや武術のことを取材して、行長入道に書かせた」になってしまいます。《書かせけり》の《せ》は、使役の助動詞「す」の連用形で、《問ひ聞きて書かせけり》の主語は「生仏」ですから、「生仏が行長入道に書かせた」になってしまうのです。

文章はそのような形になっていますが、しかし「『平家物語』の真の作者は生仏で、彼が聞き知ったことを行長入道に書かせた」ということにはならないでしょう。『平家物語』の作者は行長入道で、「彼の知らない東国武士に関することを生仏が取材をして、行長入道が書くことを可能にした」――これが《書かせけり》の実情でしょう。「聞いたのは生仏だが、書いたのは行長入道」という、本当だったら二つの主語が存在する文章の主語を一つにしてしまった結果、《書かせけり》の使役が存在してしまうのです。昔の日本語には、そういう分かりにくいところがあります。

「『平家物語』の出来上がり方」ということになると、それが本当に行長入道であったかどうかは別にして、鎌倉時代の前半に誰かが『平家物語』を書いた――それを書くために、地方出身の琵琶法師が協力した。その最初のテキストがどうなったのかは分からないが、そのようにして鎌倉時代の前半に『平家物語』の最初のテキストが出来上がった、と考えればいいのでしょう。兼好法師は《この行長入道、平家の物語を作りて、生仏といひける盲目に教へて語らせけり》と、「『平家物語』は琵琶法師が語るもので、その台本を作ったのは行長入道だ」と言うような書き方をしていますが、そもそも『平家物語』というのは、「書かれた文字を読む人」と「聞かされたことを語る人」の合作によって出来たものなのです。だから、読本系と語り物系の二つのテキストがあるのでしょう。

漢文が必要だった理由

そもそもの『平家物語』は「目で読むもの」でした。そのはずです。それが琵琶法師のおかげで広く知られるようになったのでしょうが、『平家物語』以前の琵琶法師が語らない平安時代の物語――たとえば『源氏物語』だって、「読むもの」であると同時に

「聴くもの」でした。

お姫様のために、お付きの女房がテキストを読んで、お姫様はそれを聴く。あるいは、絵巻物として描かれた絵をお姫様が見て、お付きの女房が紙芝居のように、そこの部分のテキストを読むということをしていました。読まれるのを聴くものだから、あまり漢字が必要ではない。だから「物語」というものは、漢字抜きのかなの文字で書かれていたのですね。耳で聴いてしまえば、漢字もかなも同じですから。

今の日本語の文章は、『平家物語』や『徒然草』以来の和漢混淆文《わかんこんこう》ですから、別に不思議とは思わないかもしれませんが、そもそも和漢混淆文というのは大変なものです。なにしろそれは、「耳で聴く音だけのもの」に対して、漢字を充てはめて行く――耳で聴いてもよく分からない、漢字表現を加えて行くことだからです。

その初め、日本には文字がありませんでした。言葉の音だけがあって、それを書く文字がないので、中国から来た文字――漢字を使って日本語を書きました。そのやり方も二通りで、『日本書紀』のようなものは、中国語の通りの漢文表現で、日本のことを記述しようとしました。これに対して『古事記』や『万葉集』は、漢字の持つ「音」だけを利用して、話されている日本語をそのままに記述しようとしました。それが「万葉がな」で、「音だけのものを文字にする」という点では、和漢混淆文は『古事記』や『万葉集』と同じなのです。

漢字からは、やがてかな文字が生まれます。かなの文字で文章が書けるようになって、でも「音」は音のままです。ただひらがなの列になってしまった言葉の意味をはっきり伝える漢字は、まだここにありません。和漢混淆文の以前に、日本語は漢字による「漢文」と、かなの文字による「和文」の二つに分かれて発達して来ました。漢文は公式文書を書くのに使い、和文は「公式」とは関係ない和歌や物語を書くために使われました。だから、「漢文はちゃんとしていなければいけないが、意味をはっきりさせる漢字がほとんどない和文は曖昧でもいい」というようなことになってしまったのです。

和漢混淆文というのは、漢文の日本化ではなくて、和文+漢字のハイブリッドです。漢文よりは分かりやすい日本語ですが、でもベースになっているのは和文ですから、曖昧なままのところがいくつも残っています。慈円の書いた『愚管抄』に分かりにくいところがあるのは、そのためです。兼好法師が《武士に問ひ聞きて書かせけり》と、まるで「『平家物語』は生仏が書かせた」と読まれてしまうような文章を書いてしまうのも、そのためです。

前回に私は、「『平家物語』にはいくつものテキストがある」と言いましたが、実はそのいくつものテキストの中に「漢文で書かれた『平家物語』」もあるのです。「四部合戦《しぶかっせん》状《じょう》本」と言われるものですが、これは漢文です。

《祇園精舎《ぎをんしやうじゃ》の鐘の声、諸行無常の響あり。》で始まる『平家物語』は、こうしてしまえばもう漢文です――《祇園精舎ノ鐘ノ声、諸行無常ノ有リレ響》

鎌倉時代の前半に、慈円は「みんなちゃんとした漢文を読まなくなった」と文句を言っていますが、漢文自体はまだ健在です。漢文で日記を書く人も手紙を書く人もいます。だから、漢字だけの漢文で書かれた『平家物語』の方が読みやすいと思った人だって、いくらでもいたでしょう。だから「漢文の『平家物語』」というものがあってもいいのですが、私は、「せっかく漢文から離れて、耳から聴ける日本語になったものを、また元に戻す必要なんかあるのだろうか？」と思いました。私は『双調《そうじょう》平家物語』という自分の『平家物語』を書いていて、何種類ものテキストを見ていて（どれも内容は微妙に違います）、いい加減めんどくさくなってそう思ったのです。

「漢文なんてめんどくさいなァ。どうせ書いてあることは同じなのに」と思っていて、あるところで意外なことに気がつきました。

『平家物語』も半分近く終わって、源頼朝が兵を挙げて富士川の合戦で平家に勝利をします。それをきっかけにするように、各地では反平家の動きが生まれます。東国だけではなく、近畿や四国の方にも争いの火の手が上がって、それまで話の方向は一つだったものが、ここから「いろいろな方向」に分かれてしまうのです。

「四国で反乱があった。信濃にもあった。近江《おうみ》でもあった」とバラバラに起こるのですが、それが「いつ」なのかが正確に分かりません。各テキストの日附《ひづけ》がバラバラというよりも、そういうものが書いてなくて、「これ、一月のことなんだろうな？　二月じゃないだろうな？」と首をひねりたくなったのです。ところが、四部合戦状本を見ると、その日附がきちんと書いてあります。それぞれの記述の前に「何月何日」と書いてあって、この『平家物語』はまるで日録――デイリークロニクルのようなのです。

その日附がどの程度正確なのかは分かりません。でも、四部合戦状本に書いてある日附をたどると、どこでなにがどのように起こっていたのかは分かるのです。「そうか、漢文ってそういうものなのか」と、私は初めて分かったような気がしました。

漢文じゃない和文の文章は、「いつ、どこで、誰が」という文章の基本原則が曖昧になっていることが多いのです。でも公式文書の漢文は、まず「いつ、どこで、誰が」を書くものなのです。「なるほど、漢文がなかったら、日本語の公式文書はグチョグチョになっていたな」と思って、日本語に於《お》ける漢文の役割がやっと分かったのです。

十七　『日本書紀』の読み方

『日本書紀』を読んだことがありますか？

前回『日本書紀』の話を少ししました。ついでなので、『日本書紀』の「日附《ひづけ》の書き方」を紹介しておきましょう。

『古事記』だといくつもの現代語訳やマンガ化の作品もあって、なんとなく知ってはいるかもしれませんが、もう一方の『日本書紀』は名を知るばかりで「見たことがない」という人の方が大勢でしょう。『古事記』は、漢字だけで日本語の文章を書いたもので、『日本書紀』は漢文ですから、どちらも見ただけでは「漢字ばっかりが並んでいる」で、決して「読んでみたい」という気は起こさせないでしょうが、『日本書紀』はこんな風に書いてあります――。

《元年春三月壬辰朔己酉、遣二内小七位阿曇連稲敷於筑紫一、告二天皇喪於郭務悰等一。》

見ただけじゃなんだか分かりませんが、これは、「元年の春三月の何日かに、ある人物を筑紫《つくし》に送って、天皇の死をそこにいた人物に知らせた」という文章です。筑紫に送られたのは《阿曇連稲敷《あづみのむらじいなしき》》という人物で、その上の《内小七位《うちのせうしちゐ》》は彼の身分を表す肩書きの官位、筑紫にいたのは中国から来ていた唐の使節《郭務悰《くわくむそう》》とその一行です。そう言われればなんとなく分かるとは思いますが、分からないのは《元年春三月壬辰朔己酉》です。

この《元年》はなんの元年なのかというと、「天皇が即位した年＝元年」です。『日本書紀』は、歴代の天皇ごとに章分けがされていて、西暦のような通しナンバー的表記はありません。まだ年号というものが定まらない古代には「〇〇天皇の何年」という表記をします。年代表記の中心に天皇を置くという習慣は長く続いて、だから『源氏物語』の始まりは《いづれの御時《おほむとき》にか》になるのです。時代を特定するものは、まず「どの天皇の御代《みよ》（いづれの御時）か」ですから、「どの天皇の御代かは言わないけれども、ある天皇の御代に」という書き方を紫式部がしているということは、「私は時代背景を一応特定していますけど」と言っていることになります。

私の引用した『日本書紀』の《元年春三月》は、詳しく言えば「天武《てんむ》天皇元年の春三月」です。この時に筑紫にその死を告げられた天皇は、前年の十二月に死んだ天智《てんじ》天皇で、天武天皇元年とは、天智天皇の弟の天武天皇と天智天皇の遺児の大友《おおとも》皇子が戦う古代史に有名な壬申《じんしん》の乱が起こった年です。「筑紫にいる唐の使節に天智天皇の死が伝えられた」というのは、壬申の乱とは関係ない当時の外交記録で、『日本書紀』はその当時に起こったことを日附順に書いていく「記録の歴史の書」だから、物語とは違って「なにが重要か」を強調することもなく、ただ「こういうことがありました」という事実だけが日附順に続いて行きます。それで読みにくくて、「余分なことを途中に入れないで、分かりやすく話を通してくれよ」なんてことを言いたくなってしまうのですが、『日本書紀』は国家が編纂《へんさん》した公式文書のデータ集だから仕方がありません。その上に分かりにくいのが、この「日附の書き方」です。

《元年春三月壬辰朔己酉》というのはある日附を表していて、それは「天武天皇元年

（西暦六七二年）三月十八日」のことです。どうしてそういうことになるのかと言いますと、「十干十二支《じっかんじゅうにし》」という言葉を聞いたことがあると思いますが、《壬辰《じんしん》》や《己酉《きゆう》》というのはその言葉です。《三月壬辰朔己酉》は、「三月朔《ついたち》は壬辰の日で、それを基準とする己酉の日＝十八日」ということです。

干支《えと》の話

「十干十二支」は「干支」と書いて「えと」と読みます。「干支」の本当の読み方は「かんし」で、「えと」というと十二支のことだと思われるかもしれませんが、本当はそうではありません。「えと」というのは「兄弟《えと》」のことで、「干支」の読みが「えと」になるのは、ここに兄弟が隠されているからです。

干支《えと》は、十干と十二支の組み合わせで、十二支の方はもうご存じでしょう。「子《ね》、丑《うし》、寅《とら》、卯《う》、辰《たつ》、巳《み》、午《うま》、未《ひつじ》、申《さる》、酉《とり》、戌《いぬ》、亥《い》」です。十干は、中国古代哲学の陰陽《おんよう》五行説の分類で、世界を構成する五大要素「木《もく》・火《か》・土《ど》・金《こん》・水《すい》」をそれぞれ「陽」と「陰」に分けて、陽を兄《え》、陰を弟《と》として「木《き》の兄《え》、木《き》の弟《と》、火《ひ》の兄《え》、火《ひ》の弟《と》、土《つち》の兄《え》、土《つち》の弟《と》、金《かね》の兄《え》、金《かね》の弟《と》、水《みず》の兄《え》、水《みず》の弟《と》」と十種類に分けたのです。これに「甲《こう》・乙《おつ》・丙《へい》、丁《てい》、戊《ぼ》、己《き》、庚《こう》、辛《しん》、壬《じん》、癸《き》」の漢字を充てて、「甲《きのえ》、乙《きのと》、丙《ひのえ》、丁《ひのと》、戊《つちのえ》、己《つちのと》、庚《かのえ》、辛《かのと》、壬《みずのえ》、癸《みずのと》」と読みます。

十干と十二支が組み合わされて、「甲子《きのえね》、乙丑《きのとうし》、丙寅《ひのえとら》、丁卯《ひのとう》……」と続いて、「癸亥《みずのとい》」まで行くと一巡して、また「甲子」に戻ります。十干と十二支の組み合わせは六十通りで、一年毎に干支でナンバリングをすると六十年で一巡しますから、六十歳になると「暦の干支が元に戻った」ということになってそれで、「還暦の祝い」なんかをするのです。今や干支は「年を表す十二支」としか思われていませんが、午年の二〇一四年の本当の干支は、ただの「午年」ではなくて「甲午《こうご》（きのえうま）」です。

天武天皇元年に起こった天武天皇と大友皇子の戦いがなぜ「壬申の乱」かと言えば、それはこの起こった年が「壬申《みずのえさる》の年」――音読みにして「壬申《じんしん》」だからです。日本では、干支を年のナンバリングに使う習慣はわりと早くなくなって、なにかあると年号を使います。たとえば「承久《じょうきゅう》の乱」とか「文永《ぶんえい》の役、弘安《こうあん》の役」とか「応仁《おうにん》の乱」とか。ところが陰陽五行の本場の中国では、何か起こった事件の年を表すのに干支を使う習慣が結構長く続いて、二十世紀になった一九一一年に起こった革命を「辛亥革命《しんがい》」と言います。この年が「辛亥《かのとい》」の年だったからですが、この革命の前年には「戊戌の変法《ぼじゅつ》」とか「戊戌の政変」という政治事件も中国には起こっていますが、「戊戌＝つちのえいぬ」はその起こった年の干支です。

干支の背景には陰陽五行の思想がありますから、「今年は辛亥の年だから何かが起こる」という考え方も出来て、それで革命が起こってしまえば「だからこそ辛亥で革命だ」ということにもなりますが、しかし古代の中国で干支というのは、年のナンバリングに使ったものではないのだと言います。干支というものは年ではなくて、二カ月の毎日をナンバリングするものだったのだそうです。干支の組み合わせは六十あるから、二カ月分のナンバリングに使ったと言うのです――というところでもう一度『日本書紀』の日附の書き方に戻ります。

ここでの干支は日附の書き方なので、「壬申の年、春寅の月」とは書かず、《元年春三月》という書き方をします（十二支順にすれば三月は寅の月です）。それで《元年春三月壬辰朔己酉》です。一日＝朔の干支をはっきり書いて、それを基準にして「その月の何々」と干支で表しますが、うっかり考えると、この《三月壬辰朔》は不要のような気がします。干支は六十通りあって、昔の一カ月は二十九日か三十日しかなかったからです。

「三月己酉」と書けば、それだけですむような気がします。事実、『日本書紀』の続篇《ぞくへん》である『続日本紀《しょくにほんぎ》』は、「三月壬辰朔」を抜いていきなり「三月己酉」という書き方をします。表記としてはすっきりしますが、その「三月己酉」が三月何日かは分かりません。それが分かるのは、六十の干支を順序正しく暗記している人だけですが、太陰暦の当時、一カ月は二十九日か三十日と決まってはいましたが、どの月が二十九日（小の月）でどの月が三十日（大の月）かは、年によって違うのです。

一カ月が三十日と決まっていれば、月の初めの干支は「甲子《こうし》（きのえね）」か「甲午《こうご》（きのえうま）」に決まってしまいます（十干と十二支を順番に組み合わせていけば、一番最初が甲子で、三十一番目は甲午です）。でも、一カ月の長さは月によって違いますから、月の初めの干支はズレっ放しで、「何日ならその日の干支は何」というような形での、「その日を特定する干支の一致」は起こりません。だから、ただ「三月己酉」と言われたって、「どこを起点としての己酉なのか」が分からないと、それが「三月のどこら辺か」は分からないのです（ちなみに、己酉は干支の四十六番目です）。

それでも、「三月己酉」というような日附の書き方は、日記や公式文書の類《たぐい》に長く残っていたりします。「今日はその月の何日目か」ということより、「今日の干支は何か」ということの方が重要だったということですね。後でそういうものを読み返して、「これは一体何日のことか？」と疑問に思わなかったのかが不思議です。

やがてそういう習慣は廃れますが、日本の公式歴史記録の最初である『日本書紀』は、「この月の最初の日の干支は何」ということを書いて、その基準から「この日は月の何日目」ということをはっきりさせます。「今日は三月十八日」という書き方をする習慣を持たなかったので、《三月壬申朔己酉》というめんどくさい書き方をしますが、それをすることが実は「正確で分かりやすい書き方」なのです。

「『日本書紀』を読んでみよう」と思う人は、もしかしたらそんなにいないかもしれません。元は漢字だらけの漢文で、その到底読めそうもないものを書き下し文に直したテキストもありますが、それを見てもなんだかめんどくさそうで、「読もう」という根性はそうそう生まれなかったりもしますが、読んでみれば結構おもしろいものです。ただ、そのためには「面倒な読み方」も必要ですが。

『日本書紀』の読み方

日附の書き方もそうですが、『日本書紀』には「なんでそんな書き方をするんだ？」とか、「なんでこんなことばっかり書くんだ」と言いたくなってしまうことがやたらとあります。引用した《元年春三月壬辰朔己酉、遣二内小七位阿曇連稲敷於筑紫一、告二天皇喪於郭務悰等一》は、「元年三月十八日に阿曇稲敷を筑紫に送って、天皇の死を郭務悰一行に伝えさせた」だけのことで、重要なのは《告二天皇喪於郭務悰等一》しかありません。中国からの使節である郭務悰はそれでどうしたのかというと、「天皇の死を知らされた一行は喪服に着替え、三回泣き声を上げて都のある東の方に頭を下げた」で、その三日後にまた東を拝んだ郭務悰は、手紙に品物を添えて朝廷へと贈ります。その後の五月十二日になると、郭務悰には甲《よろい》、冑《かぶと》、弓矢が贈られて、その他に大量の布も与えられます。

それを贈られた郭務悰がどう思ったのかは分かりませんが、五月二十八日になると、今度は高麗《こうらい》の使者が貢物《みつぎもの》を持ってやって来ます。郭務悰は、二日後の三十日に帰国します。郭務悰の帰国と高麗の使者の来日が関係あるのかどうかは、分かりません。「郭務悰の一行には贈物が与えられた」と「郭務悰の一行は帰国した」の間に、「高麗の使者がやって来た」という記述があるだけです。日附に従って順に書いて行っただけなのでそうなります。郭務悰の一行は九州にいて、当時の都は近江《おうみ》の滋賀県ですから、人や物を送るのに時間はかかったはずですが、その経過は書いてありません。滋賀県から筑紫までの距離より、筑紫から朝鮮半島までの距離は近いのですから、高麗の使者は、天智天皇の死を知った弔問かもしれませんが、そんなことも書いてありません。そして、なんだって郭務悰の一行のしたことがわりと詳しく書いてあるのかというと、その理由もありません。小説で言うと、郭務悰一行の話は、本筋とつながらないのです。

でも、その前の『日本書紀』を読むと、天智天皇が重態になっている前年の十月に、郭務悰の一行は四十七隻の船に二千人を乗せて日本にやって来ています。「その大軍はなんだ?」が分からなくて、その説明もないまま一行は九州にいて、天智天皇の死を知らされると哀悼の意を示し、二カ月後には帰って行きます。「一体、郭務悰の一行はなにしに来たんだ？　それを送って来た唐はなにを考えているんだ？」になると、なにも分かりません。『日本書紀』にはその辺りのことがなにも書いてないからです。郭務悰の話は、天武天皇元年に起こった話の本筋とは、おそらくなんの関係もありません。この年の「本筋」とはもちろん壬申の乱で、「元年春三月」以降の『日本書紀』に書かれるのはその話です。

「『日本書紀』には〝なんでこんなことを書くんだ？〟と思うようなことがいくらでも書いてある」と言いましたが、「郭務悰一行の話」もそれです。だから、「ふーん、そうなの。でもこれって本筋とは関係ないことかもしれないな」と思いながら、「郭務悰一行の話」を読む必要があります。「ふーん」と思いながら、内容を半分素っ飛ばしながら読むというのが、『日本書紀』をおもしろく読むための「面倒な読み方」です。

「なんでそんな、めんどくさくてややこしいことを？」と思うかもしれません、でも、本を読むということは、本当はそういうことなのです。

本というのは、「そこになにが書いてあるのか分かってから読む」というものではありません。あらかじめ「こんな本」という知識を得てから読むこともありますが、読んだ後で「そんな本じゃないじゃないか!」と思うことはいくらでもあります。「なにが書いてあるのか中身が分からない本」を読むことだってあります。「分かるんじゃないか」と思って読み始めると、分からないことだらけで読みたくなくなってしまうことだってあります。「古典を読む」ということになったら、特にです。

今だと、ちょっとでも分かりにくいことが書いてあると、「ああ、めんどくさい」と思って平気で投げ出したりしてしまいます。辞書を引きながら本を読むなんてことは、「ああ、めんどくさい」もいいところで、恐ろしいことに古典では、「なにが分からなくて、どう辞書を引けばいいのかも分からない」ということだって起こります。そして、もしかして一番めんどくさくて分かりにくいことは、「自分がしないような考え方」で書かれているものを読むことです。

でも、「本を読む」ということは、なにが書いてあるのかよく分からないことを、探り探り読んで行くことでもあるのです。探り探り読んで行って、探り探り読んで行くことに慣れる——そうやって身につけるのが、『愚管抄』で慈円の言った「分かって行く能力」、つまり《智解《ちげ》》です。

どんな本でも、初対面の時には「なにが書いてあるのかよく分からない本」です。それに対して、「読者である私に分かるように書いてないからダメな本だ」と言うのは、ただのわがままです。「一体この人はなにを考えて、なにを書いているのだろう？　この本で大切なことはなんだろう？」と考えながら探り探り読んで行くと、《智解》という読解能力も身について、「めんどくさい歴史の本」である『日本書紀』だって、もしかしたらおもしろく読めるようになるのかもしれません。

十八　王朝の物語を読んでみましょう

いろいろな古典がある国

「古典を読んでみましょう」と言うと、なんとなく「古典」というのが一種類の決まったもののようにも思われます。でも、日本の古典にはいろいろな種類のものがあって、文体だってそれぞれに違います。初めは漢字しか文字を持たなかった日本人が、「かな文字」を発明して、それが漢字とまじり合っていくつもの古典を作ります。

その昔は、貴族や僧侶の書くものだったのが、時代と共に普通の人も文章を書くようになって、「古典の文章」というようなものが出来上がります。その「古典の文章」――つまり文語体の文章は、明治時代の「近代」になってから生まれる言文一致体の文章にとってかわられるまで続きます。だから、「古典」というものは明治時代にまで続いて存在しているのですが、でも以前はそんな風に考えられていませんでした。

その昔の江戸時代には、「古典」というのは平安時代以前に書かれたものを指すのが普通でした。どうしてかと言うと、戦国時代が終わって平和な江戸時代になった時、平安時代以前に書かれた「古典」というものが存在するんだということを、多くの人が知ったからです。

そういうものは古い貴族の家にしかありませんでした。でも、貴族文化の時代は崩れて、町人文化の時代がやって来ます。それまでは手書きで複製していたものが、印刷で広まることが可能になります。そうして、江戸時代の人は「古典」というものを知ったのです。江戸時代に国学というものが盛んになったのは、その時代になって『源氏物語』や『枕草子』を知った人達が、「ここにはなにが書いてあるんだ?」という研究を始めてしまったからです。

以前に私は、「なにが書かれているのかが分かる古典」を読んで、古典に馴《な》れた方がいいと言って、「御伽《おとぎ》草子」の『浦島太郎』を紹介しました。でもあんまり『浦島太郎』は「古典文学」とは思われません。それは、この作品が子供向けの昔話だからではなくて、室町時代から江戸時代の初めにかけて出来上がった、江戸時代の人にとっては新しすぎて、「古典」にはならないものだったからです。

早い話、「日本の古典」というものは江戸時代の人が作り上げたもので、だからこそ江戸時代に書かれた当時の「現代作品」はあまり「古典」とは思われませんでした。近松門左衛門以下の人達の書いた浄瑠璃《じょうるり》や曲亭馬琴達が書いた読本《よみほん》は長い間「古典」とは思われず、「よく知っている昔のもの」と思われて、「古典」とはちょっと違った所に置かれていました。だから、「日本にはいろいろな種類の古典がある」と言ってもすぐにはピンとこないのです。

いろいろ古典があるんだから、いろいろの古典を読めばいいじゃないかとは思うのですが、それだけだといかにも不親切です。やっぱり平安時代に書かれたものは、その後のいろいろな日本語の文章のスタンダードにもなるようなものですから、最後の回は、そのスタンダードでもあるような「平安時代の物語文学」を読んでみましょう。『伊勢《いせ》物語』です。

男による共感の物語

『伊勢物語』がどういう作品かと説明すると、あまりはっきりした説明にはなりません。これは、「恋多き男」として有名な在原業平《ありわらのなりひら》らしい男を主人公にした歌物語です。「歌物語」というのは、挿入される和歌の比重が大きな物語で、『伊勢物語』の中心にあるのは、在原業平の歌です。それで言えば、『伊勢物語』は在原業平が自作の歌によって綴《つづ》った「自分を主人公とする小説」のようなものとも思われますが、『伊勢物語』の作者は在原業平ではありません。和歌の一部あるいは文章のかなりの部分は在原業平の作と言われたりもしますが、在原業平の作ではない和歌や在原業平とは関係ないエピソードも入っていて、それでも「ある一人の男の話」ということになっています。在原業平の死んだ後にいろんな人の手が入り込んで現在のような『伊勢物語』になったと言われているのですが、ガタガタ言う前に現物に触れてみましょう。

　現存する『伊勢物語』は全部で百二十五段あります。実際はどうか分かりませんが「美貌の人」と思われた在原業平は、陽成《ようぜい》天皇の生母である二条の后《きさき》との間にスキャンダルを起こし、ほとぼりをさますために都を離れて東国へ行ったと言われています。そういう経歴があるので、『伊勢物語』は光源氏の『源氏物語』に影響を及ぼしたのではないかと考える人もいます。という話になると、『伊勢物語』はもしかしたら「激動の恋愛小説」みたいなものかなんていうことを考える人もいるかもしれませんが、現実は違います。

《むかし、をとこあづまへゆきけるに、友だちどもに道よりいひおこせる。
　忘るなよほどは雲ゐになりぬとも　空ゆく月のめぐりあふまで》（第十一段）

　第十一段はこれだけです。『伊勢物語』の主人公は、なんでも頭に《むかし（昔）》と付けられてしまう《をとこ（男）》なのですが、《むかし、をとこ》という書き出しで各段が始められるのが決まりのようになっている『伊勢物語』のどこにも、「この《をとこ》はすべて同一人物です」というような説明はありません。でも、そんな説明抜きでなんでも《むかし、をとこ》と始められてしまうと、「この《をとこ》は同じ一人の男なんだな」という気になってしまいます。違う別の男の話が入り込んでいても、「違わないんだ」と思われて、だから「在原業平らしい男を主人公にした歌物語」になってしまうのです。

「在原業平」であるような主人公の《をとこ》は、東（東国）へ行ったんですね。その長い旅の途中で、都に住む友人達に「私が遠い所へ行っても、また逢《あ》うこともあるんだから忘れないで下さいね」という趣旨の歌を贈ったという、ただそれだけのことがこの第十一段です。

郵便システムのない時代に遠くから手紙を送るのは大変なことですが、実際に手紙を運ぶのは貴族のすることではないので、その苦労は省略されます。この《をとこ》がなんで東国へ行ったのかという説明もありません。ついでに、ここにある和歌はそもそも在原業平の作ではなくて、別の人が恋人に贈った「転勤で地方に行くけど忘れないで下さいね」という歌です。でもこの第十一段を読む人は、「旅に出て心細くなった在原業平は、都の友人を思い出したんだろうな」なんてことを考えて、ジーンとなったのかもしれません。

「をとこが東国へ行った」ということは、実は第七段から十一段まで繰り返し語られるのですが、「なぜ？」という理由はそのどこにも語られていません。ただこんな風に語られるだけです――。

《むかし、をとこありけり。京にありわびて（いづらくなって）あづまにいきけるに》（第七段）

《むかし、をとこありけり。京やすみうかりけん（京には住みにくかったんだろう）、あづまのかたにゆきてすみ所もとむとて》（第八段）

《むかし、をとこありけり。そのをとこ、身をえうなき物におもひなして（自分を無用の存在だと思って）、京にはあらじあづまの方に住むべき国求めにとてゆきけり》（第九段）

《むかし、をとこ武蔵《むさし》のくにまでまどひありきけり》（第十段）

第十一段まで、ほぼ同じことの繰り返しで始まって、「をとこが東国へ行った詳しい理由」はどこにもありません。どうしてそうなるのかというと、『伊勢物語』が語るのは、「そうなった理由」ではなくて、「そうなった後の状況の中で詠まれた和歌＝心境」だからです。それで、前後関係はなくて、オチだけがあります。そういう章段が百二十五続いているので、これを読む人は、「なるほどねェ、そういうこともあるよねェ」と納得するしかないのです。

第三十二段には「昔関係のあった女に〝もう一遍やり直す方法ってないのかな〟という歌を送ったけど、女はなんとも思わなかったらしい」という、ただそれだけの話があります。こうです――。

《むかし、物いひける女に、年ごろありて、
いにしへのしづのをだまき繰りかへし　昔を今になすよしも哉《がな》
といへりけれど、なにとも思はずやありけん。》

《しづ》というのは《いにしへ（古代）》の織物のことで、漢字を当てると「倭文《しず》」です。《をだまき》というのは、《しづ》を織る時に使う糸の玉で、糸を巻き取った糸巻きのことでもありますが、《いにしへのしづのをだまき》はほとんど一語で、糸の玉がクルクルと回り続けるイメージから、《繰りかへし》の語を呼び出す序詞になります。つまるところこの歌は、「昔を今にやり直す方法があればなァ」と、それだけを言う歌なのです。

男は「やり直せたらなァ」と言って、女は「別に――」です。「なるほどねェ」です。『伊勢物語』の作者が在原業平であるかどうかは別にして、『伊勢物語』を書いたかあるいは書物としてまとめた作者は、どう考えても男です。作者が女だったら、「女はなんとも思わなかったらしい」だけで終わったりはしません。その後に「そんなの決まってるでしょ、バカ言ってんじゃないわよ」というツッコミが入るはずです。

でも、そんなものはありません。男だったら、「女はなんとも思わなかったらしい」だけで、「ああ、分かるなァ。ありそうだなァ」と共感してしまうのです。モテたがりの男達は、女にやたらと和歌を贈って、その分だけふられていたりもしたのですが、

『伊勢物語』は、そういう風に男達が当たり前に和歌を詠んでいた時代に出来上がった、「男による男の共感の物語」だったのです。

ついでに、第三十二段のこの歌は、ずっと後になって源義経《よしつね》の一生を語る『義経記《ぎけいき》』にヴァージョンを変えて登場します。流浪の旅に出た源義経と別れた恋人の静御前が鎌倉で、いなくなった義経を思って《しづやしづしづのをだまき繰りかへし　昔を今になすよしも哉》と歌いながら舞います。「静御前だから〝しづ〟なんだな」と思うと分かりやすく、冷淡な扱いを受ける『伊勢物語』よりも、別れた恋人を慕う静御前の方が有名になってしまうのも仕方のないことでしょう。

和歌と物語

最後の百二十五段では、《をとこ》の臨終が語られます——。

《むかし、をとこわづらひて心地死ぬべくおぼえければ、
　つひにゆくみちとはかねてきゝしかど　きのふけふとは思はざりしを》

「死ぬ時が来ることは知っていたけれど、まさかそれが昨日今日のこととは思わなかった」という歌ですが、その前にある百二十四段と続けて読むと、なんだか深いものを感じてしまいます。百二十四段はこうです――。

《むかし、をとこいかなりける事を思ひけるをりにかよめる。
おもふこといはでぞたゞにやみぬべき　我とひとしき人しなければ》

「思うことを言わないでそのままにしておこう、私と同じことを考えてる人はいないのだから」です。その歌に「どんなことを考えていた時に詠んだんだろうか」という説明があって、それだけです。

『伊勢物語』は、ストーリー性はないけれど、「在原業平」とされる男の経験した恋のエピソードがいくつもの和歌によって語られていますが、さすがの「在原業平」も年を取ってくるとそうそううまくいかなくなってくるのです。それまでは、「ホントにこの人は好き勝手なことばっかりやってるな」と思ったりもするのですが、それがだんだん寂しくなってきて、百二十四段の《おもふことといはでぞたゞにやみぬべき》の歌です。

これは在原業平自身の歌ですが、晩年の歌かどうかは分かりません。でも、百二十五段の前に百二十四段でこの歌が置かれると、人生が終わって行く人の寂しさが伝わってきます。百二十四段で、「あれ、この寂しさはなんだろう?」と思っていると、その後に臨終の歌が続くのです。在原業平は五十六歳で死んだのですが、在原業平の和歌を中心にして語られて来た『伊勢物語』は、その最後になって、在原業平ではなくてもいい「ある一人の男の寂しい晩年」を語るものになるのです。

『伊勢物語』がいつ頃今あるような『伊勢物語』になったか、正確なところは分かりません。平安時代の「中頃」と言われていますが、「物語」と言われるものの中では、かなり古いものです。『伊勢物語』より古い物語は、アニメにもなった『竹取物語』で、紫式部は『源氏物語』の中でこの作品を《物語のいできはじめの祖《おや》》と言っています。竹の中から生まれたかぐや姫の話を語る『竹取物語』は、「不思議なことを語る物語」で、短い章段に分かれてはいない明らかな「長篇《ちょうへん》小説」ですが、『伊勢物語』はそうではありません。あまりストーリー性のない、和歌を中心とした「その和歌がどういうシチュエーションで詠まれたか」を語る説明で出来上がっている「物語」です。だから、「こんなの物語じゃないじゃないか」と思う人も出て来るかもしれませんが、『伊勢物語』もまた立派な「物語」で、ストーリーに頼らず主人公の胸の内を語り続けることによって「一人の男の一生」を語ってしまう「文学」なのです。

和歌というのは、そもそも「心に浮かぶことを言葉にする」という行為から生まれた作品です。平安時代の和歌は「独立した芸術作品」なんかではありません。人との間でやりとりをして、自分の思いを伝えるためのものです。だから在原業平は、《おもふこといはでぞたゞにやみぬべき》などというひとりごとの歌を詠んでしまうのです。

和歌というのは、人の口にしたその時の「思い」で、だからこそそれはそのまま一つの小さな「物語」でもあるのです。『古今和歌集』の序文で紀貫之《きのつらゆき》が言っている、《やまと歌は人の心をたねとして、よろづの言の葉とぞ成れりける。世の中にある人、事《こと》、業《わざ》、繁《しげ》きものなれば、心に思ふ事を見るもの聞くものにつけて言ひいだせるなり。》というのは、そういうことです。

人の心の中の思いがそのまま「物語」でもありうるというのが、平安時代の――あるいはその以前の『万葉集』の時代からの、日本人にとっての和歌です。だから、いろんなシチュエーションで詠まれた和歌をうまく編集して行くと、人の一生の物語にもなってしまう――それが『伊勢物語』です。

『伊勢物語』に「ワクワクするようなストーリー展開」はありません。あるのは、「なにこれ？　だからなんだっていうの？」と言いたくなるような小さなエピソードばかりで、「ストーリーとして一貫させる」という姿勢も、あるのかないのか分かりません。でも、そういうものを読んで行くと、だんだん「人生」が見えて来たりします。つまり、「人の思いの集積が人生という物語を作る」というのが『伊勢物語』なのです。

「まだストーリーを作るということが十分には出来なかったので、『伊勢物語』はただ和歌を寄せ集めただけの物語の断片集になってしまった」というのではなく、「そもそも物語というのはどういうものなのか」ということが始まる起点が『伊勢物語』なのです。王朝の古典はそういう意味でも、日本文学のスタンダードであったりはするのです。

あとがき

この本は、既にちくま文庫から出ている『これで古典がよくわかる』という私の本の続篇《ぞくへん》というか、別ヴァージョンのようなものです。

『これで古典がよくわかる』は、奈良時代の『日本書紀』『万葉集』から、和漢混淆文《わかんこんこう》の『徒然草《つれづれぐさ》』に至るまでの流れを書いた、受験生向きの文学史の解説書のようなものです。そこでは「日本の古典というのはこういうものです」ということだけを言っていて、「読んでみましょう」とは特別に言ってはいません。しかしこの本は「読んでみましょう」です。今となっては縁遠くなってしまった古典の文章――文語体の文章に慣れて読んでほしいと思って書きました。

しかし、この本や『これで古典がよくわかる』でも言ったように、日本には「いろいろな古典」があります。時代時代によっていろいろな古典が生まれて、それがみんな少しずつ違うので、「古典に慣れる」ということが起こりにくいのです。

では、どうして日本には「いろいろな古典」が生まれるのでしょう？　それは、時代の変化と書き手の変化によるのです。

日本には少なくとも、「漢字だけで書かれた古典」と「かなの文字だけで書かれた古典」と「その二つの文字が入り混った古典」の三種類があります。「漢字だけ↓かな文字だけ↓漢字とかな」と移って行くのが時代の変化だったりしますが、その変化は書き手の変化でもあります。

その昔は、特殊な専門教育を受けた人だけが文章を書いていました。それが漢文です。でも和歌は、漢文とは違う「日本の言葉」によるものです。だからひらがなが生まれて、特別な教育は受けなくても、男でも女でも、「心に感じることがある」と思う人は、誰でも和歌を詠みました。

「誰でも和歌を詠める」というのは、平安時代の貴族文化の前提のようなものでしたが、その貴族文化はやがて崩れます。だから、鎌倉時代になると慈円は、「本当だったら漢文が読めなきゃいけないのに、もうそれが出来にくくなっている人達」を頭に置いて、漢字とかな文字の混った『愚管抄』を書きます。そうなった時、時代もそこに生きる人達も変わったのです。

武士の時代が来て「漢字とかな文字が同居する崩れた文章」が生まれて、その文体がどうやら完成するのが兼好法師の『徒然草《つれづれぐさ》』です。でも、そこで日本の古典は完成して動きを止めてしまうわけではありません。言文一致体というものが登場して、それまでの文章が「文語体」と言われる古いものに変わってしまうまで、まだ五百年以上あるのです。その間に新しい古典は生まれて、日本語も変わり続けるのです。

貴族の時代が武士の時代になったように、武士の時代は町人の時代に変わります。戦乱によって時代が変わるということは、前の時代のあり方がガタガタになるということで、そのことを反映した文学作品だって生まれます。「御《お》伽《とぎ》草子」はそのいい例です。室町時代から後には「メチャクチャになった時代」を反映した作品が生まれて、でもそれはまた穏やかで平和な時代になると、時代の様子を反映して変わって行きます。そのように時代が変わる中で、書き手だけではなく読み手もまた変わって行くのです。

日本に「いろいろな古典」が存在するのは、時代時代によって文化を担う人達が変わって来たからです。だから江戸時代になると、「町人」とか「農民」という普通の人達が当たり前に読み書きをするようになります。日本人にとって「字が読める」は当たり前ですが、国民の字が読める割合――識字率《しきじりつ》というものは、世界水準と比べて、日本は昔から例外的に高いのです。

日本では「普通の人」が結構当たり前に「むずかしい本」を読んだりします。どうしてそんなことが可能になったのかというと、「かな文字」というものを発明した日本人が、その昔から「むずかしく書かれたものを分かりやすく説明し直す」ということをし続けていた結果でしょう。

中国文学の研究者は、日本文学のあり方を羨《うらや》ましく思っているそうです。どうしてかと言うと、中国で文章を書くとなると使えるのは漢字だけで、それもやたらの数を覚えなければならないからです。学校のない時代の普通の人間に、文章を書くことは出来ません。だから昔の中国には、『枕草子』や『徒然草』のような「思ったことを自由に書くエッセイ」というものはまず存在しないのです。江戸時代の日本には日記を書く人がいくらでもいて、そういうものは歴史を解読するいい史料になるのですが、中国にはまずそういう「日記」というものが存在しないのだそうです。

日本語で漢字は「真面目な公式文章を書くもの」とされて、それに対するかな文字は「真面目じゃなくてもいい時に使う」というような性質も持ちました。だから日本人は、真面目にもなれたし、リラックスすることも出来たのでしょう。

日本の古典は時代によって違っていろいろな種類があります。だからこそめんどくさかったりはするのですが、それはまた、日本人がどれだけ多くの表現スタイルを持っていたかということの証拠でもあります。長い時間の間に、日本人はいろいろなことを考えて、感じてきたのです。だから、「いろいろな古典」があるのです。ただ「分かりやすい文章を書く」ということだけを考えて、既にある日本語の多様な表現を忘れてしまうのは、損です。そういうことも考えて、私は「古典を読んでみましょう」と言うのです。

◉本書に出て来る古典作品（年代順）

古事記　七一二年頃
風土記　七一三年頃
日本書紀　七二〇年頃
万葉集　七世紀後半～八世紀後半（七五九年頃）
古今和歌集（紀友則、紀貫之ほか）　九〇五～九一三年頃
伊勢物語　十世紀前半
竹取物語　十世紀前半
枕草子（清少納言）　九九六～一〇〇八年頃
源氏物語（紫式部）　一〇〇八年頃
近代秀歌（藤原定家）　一二〇九年
百人一首（藤原定家撰）　十三世紀
愚管抄（慈円）　一二二〇年頃

保元物語　一二二〇年頃
平治物語　一二二〇年頃
平家物語　一二二一～四〇年頃
吾妻鏡　一二六六年頃
徒然草（兼好法師）　一三三一四～三一年頃
御伽草子　一三九一年頃（刊行は十八世紀前半）
義経記　十六世紀頃
南総里見八犬伝（曲亭馬琴）　一八一四～四二年頃
たけくらべ（樋口一葉）　一八九五～九六年

chikuma primer shinsho

ちくまプリマー新書216

古典《こてん》を読《よ》んでみましょう

二〇一四年七月十日　初版第一刷発行
二〇二三年二月十五日　初版第八刷発行

著者　橋本治（はしもと・おさむ）

装幀　クラフト・エヴィング商會

発行者　喜入冬子

発行所　株式会社筑摩書房
東京都台東区蔵前二-五-三　〒一一一-八七五五
電話番号　〇三-五六八七-二六〇一（代表）

印刷・製本　株式会社精興社

ISBN978-4-480-68920-7 C0295　Printed in Japan